—————— 阅读之前 没有真相

午夜文库

阿加莎·克里斯蒂
**侦探小说**

**阿加莎·克里斯蒂**
Agatha Christie（1890—1976）

无可争议的侦探小说女王，侦探文学史上最伟大的作家之一。

阿加莎·克里斯蒂原名为阿加莎·玛丽·克拉丽莎·米勒，一八九〇年九月十五日生于英国德文郡托基的阿什菲尔德宅邸。她几乎没有接受过正规的教育，但酷爱阅读，尤其痴迷于歇洛克·福尔摩斯的故事。

第一次世界大战期间，阿加莎·克里斯蒂成了一名志愿者。战争结束后，她创作了自己的第一部侦探小说《斯泰尔斯庄园奇案》。几经周折，作品于一九二〇年正式出版，由此开启了克里斯蒂辉煌的创作生涯。一九二六年，《罗杰疑案》由哈珀柯林斯出版公司出版。这部作品一举奠定了阿加莎·克里斯蒂在侦探文学领域不可撼动的地位。之后，她又陆续出版了《东方快车谋杀案》《ABC谋杀案》《尼罗河上的惨案》《无人生还》《阳光下的罪恶》等脍炙人口的作品。时至今日，这些作品依然是世界侦探文学宝库里最宝贵的财富。根据她的小说改编而成的舞台剧《捕鼠器》，已经成为世界上公演场次最多的剧目；而在影视改编方面，《东方快车谋杀案》为英格丽·褒曼斩获奥斯卡大奖,《尼罗河上的惨案》更是成为几代人心目中的经典。

阿加莎·克里斯蒂的创作生涯持续了五十余年,总共创作了八十余部侦探小说。她的作品畅销全世界一百多个国家和地区,累计销量已经突破二十亿册。她创造的小胡子侦探波洛和老处女侦探马普尔小姐为读者津津乐道。阿加莎·克里斯蒂是柯南·道尔之后最伟大的侦探小说作家,是侦探文学黄金时代的开创者和集大成者。一九七一年,英国女王授予克里斯蒂爵士称号,以表彰其不朽的贡献。

一九七六年一月十二日,阿加莎·克里斯蒂逝世于英国牛津郡沃灵福德家中,被安葬于牛津郡的圣玛丽教堂墓园,享年八十五岁。

**阿加莎·克里斯蒂 侦探作品年表**

**波洛系列**

- 1920　The Mysterious Affair at Styles《斯泰尔斯庄园奇案》
- 1923　Murder on the Links《高尔夫球场命案》
- 1924　Poirot Investigates《首相绑架案》
- 1926　The Murder of Roger Ackroyd《罗杰疑案》
- 1927　The Big Four《四魔头》
- 1928　The Mystery of the Blue Train《蓝色列车之谜》
- 1932　Peril at End House《悬崖山庄奇案》
- 1933　Lord Edgware Dies《人性记录》
- 1934　Murder on the Orient Express《东方快车谋杀案》
- 1935　Three-Act Tragedy《三幕悲剧》
- 1935　Death in the Clouds《云中命案》
- 1936　The ABC Murders《ABC谋杀案》
- 1936　Murder in Mesopotamia《古墓之谜》
- 1936　Cards on the Table《底牌》
- 1937　Dumb Witness《沉默的证人》
- 1937　Death on the Nile《尼罗河上的惨案》
- 1937　Murder in the Mews《幽巷谋杀案》
- 1938　Appointment with Death《死亡约会》
- 1938　Hercule Poirot's Christmas《波洛圣诞探案记》
- 1940　Sad Cypress《H庄园的午餐》
- 1940　One, Two, Buckle My Shoe《牙医谋杀案》
- 1941　Evil Under the Sun《阳光下的罪恶》
- 1943　Five Little Pigs《五只小猪》
- 1946　The Hollow《空幻之屋》
- 1947　The Labours of Hercules《赫尔克里·波洛的丰功伟绩》
- 1948　Taken at the Flood《顺水推舟》
- 1952　Mrs. McGinty's Dead《清洁女工之死》
- 1953　After the Funeral《葬礼之后》
- 1955　Hickory Dickory Dock《山核桃大街谋杀案》
- 1956　Dead Man's Folly《弄假成真》
- 1959　Cat Among the Pigeons《鸽群中的猫》
- 1960　The Adventure of the Christmas Pudding《雪地上的女尸》

**阿加莎·克里斯蒂 侦探作品年表**

1963　The Clocks《怪钟疑案》
1966　Third Girl《第三个女郎》
1969　Hallowe'en Party《万圣节前夜的谋杀》
1972　Elephants Can Remember《大象的证词》
1974　Poirot's Early Stories《蒙面女人》
1975　Curtain—Poirot's Last Case《帷幕》

### 马普尔小姐系列

1930　The Murder at the Vicarage《寓所谜案》
1932　The Thirteen Problems《死亡草》
1942　The Body in the Library《藏书室女尸之谜》
1943　The Moving Finger《魔手》
1950　A Murder Is Announced《谋杀启事》
1952　They Do It with Mirrors《借镜杀人》
1953　A Pocket Full of Rye《黑麦奇案》
1957　4.50 from Paddington《命案目睹记》
1962　The Mirror Crack'd from Side to side《破镜谋杀案》
1964　A Caribbean Mystery《加勒比海之谜》
1965　At Bertram's Hotel《伯特伦旅馆》
1971　Nemesis《复仇女神》
1976　Sleeping Murder《沉睡谋杀案》
1979　Miss Marple's Final Cases《马普尔小姐最后的案件》

### 其他系列及非系列

1922　The Secret Adversary《暗藏杀机》
1924　The Man in the Brown Suit《褐衣男子》
1925　The Secret of Chimneys《烟囱别墅之谜》
1929　Partners in Crime《犯罪团伙》
1929　The Seven Dials Mystery《七面钟之谜》
1930　The Mysterious Mr. Quin《神秘的奎因先生》
1931　The Sittaford Mystery《斯塔福特疑案》
1933　The Witness for the Prosecution and Other Stories《控方证人》
1934　Why Didn't They Ask Evans?《悬崖上的谋杀》

**阿加莎·克里斯蒂 侦探作品年表**

|  |  |
|---|---|
| 1934 | The Listerdale Mystery 《金色的机遇》 |
| 1934 | Parker Pyne Investigates 《惊险的浪漫》 |
| 1939 | Murder Is Easy 《逆我者亡》 |
| 1939 | And Then There Were None 《无人生还》 |
| 1941 | N or M? 《桑苏西来客》 |
| 1944 | Towards Zero 《零点》 |
| 1945 | Sparkling Cyanide 《闪光的氰化物》 |
| 1945 | Death Comes as the End 《死亡终局》 |
| 1949 | Crooked House 《怪屋》 |
| 1950 | Three Blind Mice and Other Stories 《三只瞎老鼠》 |
| 1951 | They Came to Baghdad 《他们来到巴格达》 |
| 1954 | Destination Unknown 《地狱之旅》 |
| 1958 | Ordeal by Innocence 《奉命谋杀》 |
| 1961 | The Pale Horse 《灰马酒店》 |
| 1967 | Endless Night 《长夜》 |
| 1968 | By the Pricking of My Thumbs 《煦阳岭的疑云》 |
| 1970 | Passenger to Frankfurt 《天涯过客》 |
| 1973 | Postern of Fate 《命运之门》 |
| 1991 | Problem at Pollensa Bay 《神秘的第三者》 |
| 1997 | While the Light Lasts 《灯火阑珊》 |

# 出版前言

纵观世界侦探文学一百七十余年的历史，如果说有谁已经超脱了这一类型文学的类型化束缚，恐怕我们只能想起两个名字——一个是虚构的人物歇洛克·福尔摩斯，而另一个便是真实的作家阿加莎·克里斯蒂。

阿加莎·克里斯蒂以她个人独特的魅力创造着侦探文学史上无数的传奇：她的创作生涯长达五十余年，一生撰写了八十余部侦探小说；她开创了侦探小说史上最著名的"黄金时代"；她让阅读从贵族走入家庭，渗透到每个人的生活中；她的作品被翻译成一百多种文字，畅销全球一百五十余个国家，作品销量与《圣经》《莎士比亚戏剧集》同列世界畅销书前三名；她的《罗杰疑案》《无人生还》《东方快车谋杀案》《尼罗河上的惨案》都是侦探小说史上的经典；她是侦探小说女王，因在侦探小说领域的独特贡献而被册封为爵士；她是侦探小说的符号和象征。她本身就是传奇。沏一杯红茶，配一张躺椅，在暖暖的阳光下读阿加莎的小说是一种生活方式，是惬意的享受，也是一种态度。

午夜文库成立之初就试图引进阿加莎的作品，但几次都与版权擦肩而过。随着午夜文库的专业化和影响力日益增强，阿加莎·克里斯蒂的版权继承人和哈珀柯林斯出版公司主动要求将版权独家授予新星出版社，并将阿加莎系列侦探小说并入午夜文库。这是对我们长期以来执着于侦探小说出版的褒奖，是对我们的信任与鼓励，更是一种压力和责任。

新版阿加莎·克里斯蒂作品由专业的侦探小说翻译家以最权威的英文版本为底本，全新翻译，并加入双语作品年表和阿加莎·克里斯蒂家族独家授权的照片、手稿等资料，力求全景展现"侦探女王"的风采与魅力。使读者不仅欣赏到作家的巧妙构思、离奇桥段和睿智语言，而且能体味到浓郁的英伦风情。

阿加莎作品的出版是一项系统工程，规模庞大，我们将努力使之臻于完美。或存在疏漏之处，欢迎方家指正。

新星出版社
午夜文库编辑部

# Agatha Christie

Over the next few years, we plan to celebrate two very important Agatha Christie anniversaries. In 2015, it is the 125th anniversary of her birth in Torquay, South Devon, England, and in 2020 it will be 100 years after her first book, THE MYSTERIOUS AFFAIR AT STYLES, featuring her famous detective, Hercule Poirot, was published. This is therefore a very appropriate moment to publish a new edition of her works, and I am delighted that HarperCollins has chosen to work with New Star on these new editions. New Star is China's top crime publisher, and has a strong and dedicated editorial staff and a continued passion for Agatha Christie, making them the ideal partner. It is the right time to make these classic books available in modern translations and so to bring Agatha Christie's books anew to her many fans in China, giving them a new reason to re-read these much-loved stories, as well as introducing them to a whole new audience. How delighted Agatha Christie would have been that her stories (as she called them) are still giving so much pleasure to so many people all over the world!

I think there are two very remarkable things about Agatha Christie's stories. The first is that they are so adaptable. It doesn't really matter which language they appear in, the stories and the plots still give the same thrill, still provide the same puzzles, and the characters still have the same attraction. Readers in China will I am sure enjoy Hercule Poirot and Miss Marple just as much as we do in England, and readers in China will still be transfixed by the surprises and horrors of AND THEN THERE WERE NONE, one of the great classics of 20th century detective fiction, as we are here.

*Agatha Christie*

The second is that the stories give a wonderful picture of England, particularly rural England, at the time Agatha Christie lived. She wrote books from 1920 until 1970 but it is sometimes hard to tell which part of her life each book was written in. Her characters and the life they lived were very much the same. The life we all live is changing very quickly these days but the Agatha Christie world stays the same. Perhaps the Miss Marple stories provide the best example of this, and in some ways, THE BODY IN THE LIBRARY and NEMESIS are quite similar, despite the fact that thirty years elapsed between the time they were written.

Perhaps I might end by mentioning three Agatha Christies (other than the ones mentioned above) which I think demonstrate why she is so popular, even in the twenty-first century. The first is MURDER ON THE ORIENT EXPRESS, one of the most famous with one of the most ingenious and human plots. Read this on one of your long train journeys in China! Next is A MURDER IS ANNOUNCED, a Miss Marple which was her 50th book. It has my favourite murderer in it! And last is ENDLESS NIGHT a story about evil and how it affects three young people, written at the time when I knew her best, and understood how deeply she cared and sympathised with young people and the world they lived in.

Whichever are your favourites I hope you enjoy these stories that New Star are introducing to you again. I think it is a great publishing event.

Mathew
Grandson of Agatha Christie
Chairman of Agatha Christie Ltd

## 致中国读者

(午夜文库版阿加莎·克里斯蒂作品集序)

  在未来的几年中,我们将要筹备两个非常重要的关于阿加莎·克里斯蒂的纪念日。二〇一五年是她的一百二十五岁生日——她于一八九〇年出生于英国的托基市;二〇二〇年则是她的处女作《斯泰尔斯庄园奇案》问世一百周年的日子,她笔下最著名的侦探赫尔克里·波洛就是在这本书中首次登场。因此,新星出版社为中国读者们推出全新版本的克里斯蒂作品正是恰逢其时,而且我很高兴哈珀柯林斯选择了新星来出版这一全新版本。新星出版社是中国最好的侦探小说出版机构,拥有强大而且专业的编辑团队,并且对阿加莎·克里斯蒂的作品极有热情,这使得他们成为我们最理想的合作伙伴。如今正是一个良机,可以将这些经典作品重新翻译为更现代、更权威的版本,带给她的中国书迷,让大家有理由重温这些备受喜爱的故事,同时也可以将它们介绍给新的读者。如果阿加莎·克里斯蒂知道她的小故事们(她这样称呼自己的这些作品)仍然能给世界上这么多人带来如此巨大的阅读享受,该有多么高兴啊!

  我认为阿加莎·克里斯蒂的作品有两个非常重要的特征。首先它们是非常易于理解的。无论以哪种语言呈现,故事和情节都同样惊险刺激,呈现给读者的谜团都同样精彩,而书中人物的魅力也丝毫不受影响。我完全可以肯定,中国的读者能够像我们英国人一样充分享受赫尔克里·波洛和马普尔小姐带来的乐趣;中国读者也会和我们一样,读到二十世纪最伟大的侦探经典作品——比如《无人生还》——的时候,被震惊和恐惧牢牢钉在原地。

第二个特征是这些故事给我们展开了一幅英格兰的精彩画卷,特别是阿加莎·克里斯蒂那个年代的英国乡村。她的作品写于二十世纪二十年代至七十年代间,不过有时候很难说清楚每一本书是在她人生中的哪一段日子里写下的。她笔下的人物,以及他们的生活,多多少少都有些相似。如今,我们的生活瞬息万变,但"阿加莎·克里斯蒂的世界"依旧永恒。也许马普尔小姐的故事提供了最好的范例:《藏书室女尸之谜》与《复仇女神》看起来颇为相似,但实际上它们的创作年代竟然相差了三十年。

最后,我想提三本书,在我心目中(除了上面提过的几本之外)这几本最能说明克里斯蒂为什么能够一直受到大家的喜爱。首先是《东方快车谋杀案》,最著名,也是最机智巧妙、最有人性的一本。当你在中国乘火车长途旅行时,不妨拿出来读读吧!第二本是《谋杀启事》,一个马普尔小姐系列的故事,也是克里斯蒂的第五十本著作。这本书里的诡计是我个人最喜欢的。最后是《长夜》,一个关于邪恶如何影响三个年轻人生活的故事。这本书的写作时间正是我最了解她的时候。我能体会到她对年轻人以及他们生活的世界关心至深。

现在新星出版社重新将这些故事奉献给了读者。无论你最爱的是哪一本,我都希望你能感受到这份快乐。我相信这是出版界的一件盛事。

阿加莎·克里斯蒂外孙

阿加莎·克里斯蒂有限责任公司董事长

马修·普理查德

二〇一三年二月二十日

阿加莎·克里斯蒂侦探小说全集⑦⑤

## 煦阳岭的疑云
*By the Pricking of My Thumbs*

*Agatha Christie*

[英]阿加莎·克里斯蒂 著
党敏博 译

新 星 出 版 社　NEW STAR PRESS

这本书是献给许多国内外的朋友的。他们不断写信问我，汤米和塔彭丝后来怎样了？他们现在在做什么？

在此我向大家致意，并且希望你们会喜欢年纪虽长，但活力依旧的汤米和塔彭丝！

# 目录

| | | |
|---|---|---|
| 1 | 第一部 | 煦阳岭 |
| 3 | 第一章 | 艾达姨妈 |
| 11 | 第二章 | 那可怜的孩子是你的吗？ |
| 25 | 第三章 | 葬礼 |
| 30 | 第四章 | 画着一座房子的画 |
| 44 | 第五章 | 老妇的失踪 |
| 55 | 第六章 | 塔彭丝寻踪觅迹 |
| | | |
| 63 | 第二部 | 运河边的房子 |
| 65 | 第七章 | 友善的女巫 |
| 82 | 第八章 | 萨顿钱塞勒 |
| 110 | 第九章 | 马克巴桑的上午 |
| | | |
| 121 | 第三部 | 失踪的妻子 |
| 123 | 第十章 | 一次会议以及会后 |
| 135 | 第十一章 | 邦德街和莫里医生 |
| 150 | 第十二章 | 汤米会见老朋友 |
| 171 | 第十三章 | 艾伯特的线索 |
| | | |
| 187 | 第四部 | 这里是教堂，上面有尖顶。打开门，就有人 |
| 189 | 第十四章 | 思维练习 |
| 200 | 第十五章 | 牧师住所之夜 |
| 217 | 第十六章 | 翌晨 |
| 226 | 第十七章 | 兰卡斯特太太 |

拇指怦怦动,必有恶人来。①

——《麦克白》

---
①此为朱生豪译版本,二〇一八年译林出版社出版。

## 第一部 煦阳岭

# 第一章　艾达姨妈

贝雷斯福德夫妇正坐在早餐桌旁。他们是一对寻常的夫妻。就在这一刻，整个英格兰有成百上千对像他们这样上了年纪的夫妇正在吃早饭。这一天同样是个寻常的日子，一星期七天之中，有五天如此。看起来似乎要下雨，不过也说不准。

贝雷斯福德先生曾经有一头红发，现在只剩下几缕，绝大部分头发都变成了夹杂着灰色的沙黄色，红头发的人到了中年通常都是这样。贝雷斯福德太太曾有一头靓丽卷曲的黑色秀发，现在却不规则地掺杂了些许灰色，看上去并不太美观。贝雷斯福德太太曾经考虑过染发，但最终她还是更喜欢自己这副自然而然的模样。她决定换一种口红的颜色，让自己更精神一点。

他们是一对在一起吃早饭的老夫妇，生活愉快，但没什么特别，旁观者一定会这么说。如果这个旁观者是个年轻人，他或她还会补充说："哦没错，非常愉快，但乏味至极，当然，所有老夫老妻都是如此。"

然而贝雷斯福德夫妇还没有到自觉老迈的年纪，也不知道他们和其他许多同龄人被惯性地认为非常沉闷。当然，只有年轻人才这么觉得；但是，他们宽容地认为，年轻人不懂人生。小可怜们，他们总是在发愁考试、性生活，以及买与众不同的衣服、做与众不同的发型让自己更引人注目。贝雷斯福德夫妇自认为刚过中年，他们热爱自己、彼此相爱，日复一日，平静却令人愉快。

当然，也有不平静的时刻，每个人都有。贝雷斯福德先生打开一封信，匆匆看了一遍，就放在他左手边的一小摞信上。接着，他拿起另一封，但没有打开，只是捏在手里。他的目光正落在吐司架而非那封信上。他太太观察了他一会儿，开口说道：

"出什么事了，汤米？"

"事？"汤米含糊其辞地说，"事？"

"我就是在问你啊。"贝雷斯福德太太说道。

"没什么事，"贝雷斯福德先生说，"会有什么事啊。"

"你刚才想到了什么？"塔彭丝责备地说。

"我什么都没想啊。"

"哦不，你想了。出什么事了吗？"

"哦，当然没有了。会有什么事啊？"他补充道，"我收到了管道工的一份账单。"

"哦，"塔彭丝用若有所悟的语气说道，"比你预想的多。"

"当然，"汤米说，"一贯如此。"

"我想不通我们为什么没去学做管道工，"塔彭丝说，"要是你以前学过，我就可以做你的助手，那我们就可以日进斗金了。"

"我们目光太短浅，没看到这些机会。"

"你刚才看的是管道工的账单吗？"

"哦不，只是一份申诉。"

"少年犯——种族融合？"

"不，是一家新开的养老院。"

"这样的话还说得过去，"塔彭丝说道，"可我不明白你为什么一脸担忧。"

"哦，我不是在想这个。"

"那你究竟在想些什么?"

"是个忽然产生的想法。"贝雷斯福德先生说。

"什么?"塔彭丝说,"要知道,你最后还是会告诉我的。"

"真没什么大不了的。我只是想,也许,好吧,是艾达姨妈。"

"哦,明白了。"塔彭丝立刻心领神会,"没错,"她沉思着轻声补充道,"艾达姨妈。"

他们四目相交。现如今,几乎每个家庭都会存在所谓"艾达姨妈"的问题,这是个令人遗憾的事实。名字虽有不同——艾米莉亚姨妈、苏珊姨妈、凯西姨妈、乔安姨妈。她们是形形色色的老祖母,上了年纪的堂姐妹或表姐妹,甚至是姨婆、姑婆。但她们依然活在这世上,是人们生活中需要解决的问题。必须安排她们的生活,探查合适的养老机构,广泛地咨询问题,征求医生及朋友们(他们自己曾经也有过艾达姨妈——生活幸福,直至在贝克斯希尔的月桂养老院或斯卡伯勒的幸福草甸养老院去世)的建议。

以前,伊丽莎白姨妈、艾达姨妈和其他姨妈姑妈,开心快乐地住在待了多年的家里,由那些忠心耿耿、有时略显专制的老仆人照料。双方对这样的安排都很满意。或许还有多得数不清的穷亲戚、穷侄女和未嫁的半傻表亲,全都渴望着能有一个提供三餐和一张暖床的家。供求双方各得其所,相处愉快。现如今,世道变了。

当今时代的"艾达姨妈"则必须妥善安置,不光是担心她患有关节炎或其他风湿性疾病,独自在家时容易从楼上摔下来,或者患有慢性支气管炎,或者跟邻居拌嘴、辱骂小贩。

不幸的是,"艾达姨妈"可比处在她们年龄刻度尺另一端的小孩子麻烦多了。小孩子嘛，可以寄养，可以强塞给亲戚，放假的时候可以送进合适的学校，或者安排他们坐马车旅行，或者去夏令营，总得来说，对这样的安排，孩子们很少反对。艾达姨妈们可就不同了。塔彭丝·贝雷斯福德的姑妈普丽姆罗丝就是一位著名的麻烦制造者，让她感到满意是不可能的。每次，她刚进入一家承诺为老年女性提供良好家庭氛围和各种舒适条件的养老院，就会写几封信给她的侄女，高度赞扬这家特别的机构，但接下来的消息就是她不辞而别、愤然离开了。

"不可能。我一分钟都待不下去。"

一年之内，这种机构，普丽姆罗丝姑妈已经进进出出十一家了。最后，她写信说她遇到一个非常有魅力的年轻人。"真是一个热情的孩子。他小小年纪就没了母亲，很需要有人照顾。我租了一间公寓，他很快就过来与我同住。这样的安排对我们双方都很合适。我们很有缘。亲爱的普鲁登斯，你不用再烦恼了，我以后的生活都安排好了。明天我会跟我的律师见面，如果我先莫文而去，当然，这是自然规律，我有必要为他做一些安排。但是我向你保证，此刻我感觉非常健康。"

塔彭丝急忙赶去北方（上述事情发生在阿伯丁）。不过警察还是比她先到了，并带走了富有魅力的莫文，他们搜寻他有段时间了，罪名是利用假身份骗取钱财。普丽姆罗丝姑妈气愤至极，称其为迫害，但在参加庭审之后（另外还有二十五起案件也算在其中），不得不改变了对她的"保护人"[①]的看法。

"我想我应该去看看艾达姨妈，塔彭丝，"汤米说，"要知道，好久没去看她了。"

---

① 原文为法语。

"我想是吧，"塔彭丝情绪不高地说，"有多久了？"

汤米想了想。"快一年了。"

"不止，"塔彭丝说，"我觉得一年多了。"

"哦，亲爱的，"汤米说，"时间过得真快，是吧？真不敢相信过去那么久了。不过，我相信你是对的，塔彭丝。"他算了算，"健忘真可怕，不是吗？感觉真糟糕。"

"我觉得你没必要难过，"塔彭丝说，"毕竟，我们给她寄了东西，还写了信。"

"哦，是的，我知道。这种事你总是做得很好。不过，尽管如此，有时还会读到令人苦恼的事。"

"你指的是我们从图书馆借来的那本可怕的书，"塔彭丝说，"那地方对可怜的老人而言是多么糟糕。他们忍受了多大的痛苦。"

"我想那是真实的，源于生活。"

"哦，没错，"塔彭丝说，"肯定有那种地方。而且，有些人非常不幸，总是不快乐。但是我们能做什么呢，汤米？"

"只能尽量细心了。仔细选择养老院，全面了解情况，确保有位好医生照顾她。"

"你得承认，没有比莫里更好的医生了。"

"是啊，"汤米说，散去了愁容，"莫里是一位一流的医生，亲切而有耐心。如果有什么问题，他会告诉我们的。"

"所以我觉得你不需要担心，"塔彭丝说，"她今年多大年纪了？"

"八十二岁，"汤米说，"不，不是，我想是八十三岁了。"他补充道，"你比其他人活得都长，那感觉一定很糟。"

"那只是我们的想法，"塔彭丝说，"他们可不这么觉得。"

"这可不好说。"

"这个嘛,你的艾达姨妈就不这么认为。你不记得了吗,她告诉我们她比多少老朋友都活得长久的时候,她多开心啊。最后她还说:'至于艾米·摩根,我听说她活不过六个月了。她以前总是说我虚弱,而现在,我肯定会比她长寿,而且还会多活好多年。'她一副得意扬扬的样子。"

"尽管如此——"汤米说。

"我知道,"塔彭丝说,"我知道。尽管如此,你还是觉得那是你的责任,所以你得去看她。"

"你觉得我错了吗?"

"不幸的是,"塔彭丝说,"我认为你是对的。完全正确。我也会去。"她补充道,语调中透出一丝英雄气概,"我也去。"

"不,"汤米说,"你为什么要去?她不是你的姨妈。还是我去吧。"

"没关系的,"贝雷斯福德太太说,"我也喜欢受苦。我们会一起承受的。你不喜欢去,我也不喜欢,而且我想艾达姨妈也不愿意我们去看她。但我很清楚,有些事必须得做。"

"不,我不想让你去。毕竟,还记得上次她对你态度有多么粗鲁吗?"

"哦,我并没放在心上,"塔彭丝说,"也许在整个探望过程中,可怜的老姨妈只是享受那一刻。我没有因那件事而记恨她,从来没有过。"

"你对她一直都很好,"汤米说,"即便你不是那么喜欢她。"

"没人会喜欢艾达姨妈的,"塔彭丝说,"要我说,我觉得没人喜欢她。"

"人变老了,就会不由得令人感到同情。"汤米说。

"我就不会，"塔彭丝说，"我没你那么好心肠。"

"作为一个女人，你很无情啊。"汤米说。

"也许是吧。毕竟，除了实际问题，女人没有时间去考虑其他事情。我是说，如果他们是好人的话，我会为那些老了或病了之类的人感到难过；但如果他们不是好人的话，你得承认，情况就不同了。如果你二十岁的时候就是个坏蛋，四十岁仍然惹人讨厌，六十岁了更加烦人，到了八十岁就变成一个彻头彻尾的恶魔。我真不明白为什么仅仅因为他们老了就同情怜悯他们。本性难移啊。我认识几位七八十岁的可爱老人家，就像比彻姆老太太、玛丽·凯尔，还有面包师的奶奶，亲爱的博普莱特老太太，以前常来给我们打扫。她们全都非常和蔼可亲，我愿意为她们做任何事。"

"好啦，好啦，"汤米说，"现实点吧。但如果你真想做一个高尚的人，跟我一起去——"

"我想跟你去，"塔彭丝说，"我既然嫁给你了，就要跟你同甘共苦；不过艾达姨妈绝对是苦的那部分。所以我要跟你携手同去。我们还会给她带一束花、一盒软夹心巧克力，也许还有一两本杂志。你可以写信给那位什么小姐，告诉她我们要过去。"

"下个星期的某一天？安排在星期二，"汤米说，"要是你没意见的话。"

"就星期二吧。"塔彭丝说，"那个女人姓什么？我不记得了。那个护士长还是主管来的。帕什么的——"

"帕卡德小姐。"

"对。"

"也许这次跟上次不一样了。"汤米说。

"不一样？哪方面？"

"哦,我不知道。也许会发生些有趣的事。"

"也许半路上火车会发生事故呢。"塔彭丝稍微活跃了点。

"你究竟为什么希望发生火车事故?"

"我也不太清楚,我只是——"

"只是什么?"

"哎呀,也许会是一次历险吧,没准我们能拯救生命或者做些有益的事情。有益,又很刺激。"

"这是什么想法啊!"贝雷斯福德先生说。

"我知道,"塔彭丝同意地说,"可有时候这些想法就是会跳出来嘛。"

## 第二章　那可怜的孩子是你的吗？

很难解释"煦阳岭"这个名字的由来。养老院并没有什么明显像山脊的地方，它地势平坦，对那些上了年纪的住户而言尤为合适。花园面积很大，但没什么特点。一座维多利亚式的大厦修整完好。四周绿树成荫，令人感觉舒适，爬山虎顺着房屋一侧向上攀爬，而两株智利南美杉给这幅场景增添了一丝异国情调。几条长凳安放在可以晒到阳光的地方，一两把花园椅则放在遮阳台上，坐在这里，老太太们可以免受东风侵袭之苦。

汤米按了按前门的门铃。一个身穿尼龙套装、一脸倦容的年轻女子给他和塔彭丝开了门。她领着他们来到一间小小的会客厅，气喘吁吁地说："我去告诉帕卡德小姐，她正在等你们，很快就下来。你们不会介意稍等片刻吧？是老卡拉韦太太，她又把她的顶针吞下去了。"

"她究竟为什么要这么做？"塔彭丝吃惊地问。

"这么做是为了好玩，"女帮工简单地解释道，"总是这样。"

她离开了，塔彭丝坐了下来，若有所思地说："我觉得我不喜欢吞顶针，吞下去一定非常噎。你觉得呢？"

他们没有等太久，帕卡德小姐推门而入，嘴里连说抱歉。她是个灰头发、五十岁上下的高个子女人，有种镇定干练的气质，汤米一直对此非常钦佩。

"抱歉,让你们久等了,贝雷斯福德先生。"她说,"您好,贝雷斯福德夫人,很高兴您也过来了。"

"我听说有人吞了什么东西。"汤米说。

"是马琳告诉你们的吗?是的,是老卡拉韦太太。她总吞东西,你知道,很难制止,你总不能时时刻刻都盯着她。当然小孩子也吞东西,但作为一个老太太也这么做,就有点滑稽了,是吧?而且情况越来越严重,一年比一年糟。好像对她也没造成什么伤害,这一点倒是令人庆幸。"

"没准她父亲是个表演吞剑的人。"塔彭丝说。

"这个想法很有趣,贝雷斯福德太太,也许可以这么解释吧。"她继续说道,"我跟范肖①小姐说过你们会过来,贝雷斯福德先生,我不知道她是不是真的听懂了。您知道,她并非所有话都能听明白。"

"她最近还好吗?"

"哦,恐怕现在她大不如前了,"帕卡德小姐温和地说,"没人知道她到底能听懂多少、哪里没听懂。昨晚我跟她说过了,而她说我肯定是弄错了,因为学校还在上课,似乎她仍然以为你还在学校。可怜的老人家,有时候糊里糊涂的,尤其在时间这个问题上。不过,今天早上我提醒她你会过来看望她,她只是说这绝对不可能,因为你已经去世了。哦,好啦,"帕卡德小姐愉快地继续说道,"我想,她看到您时就能认出来。"

"她身体怎么样?还是老样子吗?"

"嗯,跟预期的差不多吧。坦白说,我觉得她可能时日无多了。她没什么病痛,但心脏的状况大不如前,实际上,更糟糕

---

①范肖:艾达姨妈的姓氏。

了。所以我觉得需要让您知道，最好做好准备，以免她突然去世，令您太过震惊。"

"我们给她带了些花。"塔彭丝说。

"还有一盒巧克力。"汤米说。

"哦，你们真是太好了。她会很高兴的。你们现在要过去吗？"

汤米和塔彭丝站起身，随帕卡德小姐走出房间。她带着他们走上宽宽的楼梯。当他们经过楼上走廊的一个房间时，门突然开了，一个大约五英尺高的小个子女人快步走了出来，大声尖叫着："我要喝可可。我要喝可可。护士简在哪儿？我要喝可可。"

一个穿着护士服的女人忽然从隔壁房间冒了出来，说道："好啦，好啦，亲爱的，没事啦。你已经喝过可可了。二十分钟前就喝过了。"

"不，我没喝。你乱说。不对，我没喝可可。我渴了。"

"好吧，如果你想喝就再喝一杯吧。"

"我一杯都没喝，怎么叫'再'喝一杯。"

她们从旁边走了过去。帕卡德小姐轻轻叩了叩走廊尽头的门，然后推门而入。

"他来了，范肖小姐。"她欢快地说，"您的侄子来看您啦。您不觉得高兴吗？"

窗边的床上，一个老太太忽然直直地坐了起来。她头发呈铁灰色，瘦削并布满皱纹的脸上长了一个又大又挺的鼻子，一副不乐意的表情。汤米走上前。

"你好啊，艾达姨妈。"他说，"感觉还好吗？"

艾达姨妈没有理睬他，而是生气地对帕卡德小姐说道：

"我不知道你把男人带到一位女士的房间是什么意思，"她说,"我年轻的时候,这么做会被认为是轻慢不敬的!居然说他是我侄子!他是谁?管道工还是电工?"

"好啦,好啦,这么做可不好。"帕卡德小姐温和地说。

"我是您的侄子托马斯·贝雷斯福德。"汤米说着,把那盒巧克力递上前去,"我给您带了一盒巧克力。"

"别想用这种方法对付我,"艾达姨妈说,"我了解你这种人。什么都会说。这女人是谁?"她厌恶地看着贝雷斯福德太太。

"我是普鲁登斯①,"贝雷斯福德太太说,"您的侄媳,普鲁登斯。"

"这名字真可笑,"艾达姨妈说,"听上去就像个客厅女仆。我叔公马修有个客厅女仆叫康姆福特②,还有个卧室女仆叫瑞吉奥斯罗德③,她是卫理公会教徒。但是我婶婆立马禁止她再叫那个名字,告诉她,只要在他们家,就得叫瑞贝卡。"

"我给您带了一些玫瑰。"塔彭丝说。

"我不喜欢在病房里放花,会吸光所有的氧气。"

"我替您把它放进花瓶里。"帕卡德小姐说。

"你不能那么做。现在,你应该明白我有自己的主意。"

"您看起来很好,艾达姨妈。"贝雷斯福德先生说,"应该说状态极佳。"

"你这种人我看得很清楚。你说你是我侄子是什么意思?你说你叫什么来着?托马斯?"

"是的。托马斯,或者汤米。"

"从来没听过。"艾达姨妈说,"我只有一个侄子,他叫威廉。

---

① 英文为 Prudence,有"谨慎"的意思。
② 英文为 Comfort,意为"舒适"。
③ 英文为 Rejoice-in-the-Lord,意为"上帝欣喜"。

上次大战时死掉了。也是件好事。要是他活着,也会变坏。我累了。"艾达姨妈说,向后靠在枕头上,转过头对帕卡德小姐说,"把他们带走。你不应该让陌生人来看我。"

"我以为一次短暂而愉快的拜访也许能让你高兴一点。"帕卡德小姐平静地说道。

艾达姨妈低沉地发出了粗俗的笑声。

"好吧,"塔彭丝愉快地说,"我们又该走了。我把玫瑰留下,也许你会改变主意。走吧,汤米。"塔彭丝说。她转身走向门口。

"好吧,再见,艾达姨妈。真遗憾您不记得我了。"

艾达姨妈仍然不发一言,直到塔彭丝和她身后的帕卡德小姐、汤米走到门外。

"你,回来,"艾达姨妈说道,提高了声音,"我确实认识你,你是托马斯。你以前是红头发。胡萝卜色,那是以前你头发的颜色。回来,我有话对你说。我不想见那个女人。她假装是你妻子也没用的。我很清楚。不应该带那种女人来这里。过来,坐在这儿的椅子里,跟我说说你亲爱的妈妈。你出去。"艾达姨妈像写后记似的补充道,朝在门口犹豫不决的塔彭丝摆摆手。

塔彭丝立刻走开了。

"她今天情绪不太好,"她们下楼的时候,帕卡德小姐镇定自若地说,"你知道,有时候,"她补充道,"她情绪很好。你很难相信吧。"

汤米在艾达姨妈指定的椅子上坐了下来,轻声说,关于他母亲的事他没什么可以说的,因为她去世快四十年了。艾达姨妈却不为所动。

"想想,"她说,"有那么久了吗?唉,时间飞逝啊。"她沉思着端详他,"你为什么不结婚呢?"她说,"找个能干的好女人照顾你吧。要知道,你越来越老了,不要跟这些放荡的女人交往,带着她们四处逛荡,说她们是你的妻子。"

"我明白了,"汤米说,"下次我们来看您的时候,我应该让塔彭丝带上她的结婚证书。"

"你要让她做一个诚实的女人,是吗?"艾达姨妈说。

"我们已经结婚三十多年了,"汤米说,"我们有一个儿子和一个女儿,他们也都结婚了。"

"问题是,"艾达姨妈灵活地转变了立场,"没人告诉我这些事。要是你随时跟我说这些——"

关于这一点,汤米没有争辩。塔彭丝曾经严重警告过他:"如果超过六十五岁的人挑你的错,"她说,"永远别争论。不要尝试说你是对的。要立刻道歉,说都是你的错,你很抱歉,再也不会这么做了。"

此刻,汤米很确定地觉得就是得这么对待艾达姨妈,而且,他一直都是这么做的。

"我很抱歉,艾达姨妈,"他说,"恐怕,您知道,年纪大了就容易健忘。"他厚着脸皮继续说,"不是每个人都像您那样能清楚地记得过去的事。"

艾达姨妈得意地笑笑,关于此事没再说什么。"你说得有道理,"她说,"如果刚才我对你很粗鲁,我很抱歉,不过我不喜欢被强迫。你可不知道这个地方,他们什么人都让进来。任何人!如果他们说自己是谁我就信了,那他们没准要抢劫我,然后将我刺死在床上。"

"哦,我觉得那不太可能。"汤米说。

"很难说。"艾达姨妈说,"你在报纸上看到的那些事。别人也告诉过我很多事。并不是别人说什么我就相信什么,但我非常警觉。不管你信不信,那天他们带来一个陌生男人,我之前从来没见过他。他说自己是威廉医生,说莫里医生度假去了,这是他的新同事。新同事!我怎么知道他是不是他的新同事?只是他的一面之词而已。"

"那他是他的新同事吗?"

"哦,其实,"艾达姨妈说,对自己的让步有点恼怒,"他是。但之前谁也不能肯定。他开着一辆车,提着一个类似医生用来量血压的黑盒子。看上去就像他们常说的那种魔盒,是谁,乔安娜·南考特[①]吗?"

"不,"汤米说,"我想那非常不一样。她是个预言家之类的。"

"哦,我明白了。反正我的意思是任何人都能这样走进这个地方,说自己是个医生,而所有的护士立马咯咯地傻笑着说'没错,医生,当然了,医生',多多少少都会听他的话,傻姑娘们!要是病人发誓说她不认识这个男人,她们只会说她健忘、不认人。我从来不会忘记任何人的脸,"艾达姨妈坚定地说,"从来没有过。你卡洛琳姨妈最近怎么样?我有阵子没她的消息了。你去看过她吗?"

汤米很抱歉地说,他的卡洛琳姨妈已经去世十五年了。艾达姨妈对这一死讯没有表露出任何难过的迹象。毕竟,卡洛琳姨妈不是她的亲姐妹,只是堂姐妹而已。

"好像所有人都要死掉了,"她非常享受地说道,"没有活力,这就是他们的问题。心脏衰弱,冠状动脉血栓、高血压、慢性气

---

[①] 一八一四年十二月二十五日,英国德文郡一个名叫乔安娜·南考特(Joanna Southcott)的女人自称先知。一九二七年,有人当着格兰瑟姆主教的面打开一个神秘的密封盒子,据说里面藏着南考特留下的一条重要信息。盒子打开后,人们并没有发现所谓重要信息,倒是发现了一张彩票。

管炎、类风湿关节炎，诸如此类。他们都是软弱的人。医生就是这么赚钱的，给他们开一盒又一盒、一瓶又一瓶的药，黄药片、粉药片、绿药片，甚至黑药片我也不会惊讶。哼！我外婆那个年代，他们用硫黄和糖浆，我敢打赌那才是好东西。为了康复，还是得吃硫黄、喝糖浆，你每次都会很快康复的。"她满意地点了点头，"真不能相信医生，是吧？不能相信职业医生。有一种流行的新说法——听说这里很多人被毒死了，为了给外科医生弄到心脏，人们是这么跟我说的。我觉得这不是真的，帕卡德小姐不是那种能忍受这类事的人。"

帕卡德小姐下楼后，略带歉意地指了指大厅尽头的一个房间。

"非常抱歉，贝雷斯福德太太，但是我相信您知道老年人的状况。他们喜怒无常，还固执己见。"

"管理这种地方一定非常不容易。"塔彭丝说。

"哦，也说不上，"帕卡德小姐说，"我非常喜欢他们，你知道，我非常喜欢他们所有人。要知道，只要照顾他们就会喜欢上他们的。我是说，他们有自己的生活方式和烦心事，但如果你知道方法，他们还是很容易管理的。"

塔彭丝心想，帕卡德小姐就是那种知道如何管理的人。

"真的，他们就像小孩子，"帕卡德小姐宽容地说道，"只是小孩子的头脑更清楚，所以有时候很难对付。但你不能跟这些人讲道理，你告诉他们那些他们愿意相信的事，就能让他们感到放心，然后他们很快就又高兴起来。这里的员工都很好，有耐心，你知道，好脾气，没那么聪明，因为聪明的人肯定没耐心。嗯，多诺万小姐，怎么了？"她转过头问一个从楼上跑下来的戴夹鼻眼镜的年轻女人。

"还是洛基特太太，帕卡德小姐。她说她快要死了，需要立即叫医生。"

"哦,"帕卡德小姐无动于衷地说,"这次是因为什么快死了?"

"她说昨天的炖汤里面有蘑菇,里面一定有细菌,所以她中毒了。"

"这倒是个新说法,"帕卡德小姐说,"我最好上楼跟她谈一谈。很抱歉留下您一个人,贝雷斯福德太太。您可以在那个房间里看看杂志和报纸。"

"哦,我没问题的。"塔彭丝说。

她走进帕卡德小姐指给她的房间。里面布置得很舒适,透过落地窗可以眺望外面的花园。房间里有安乐椅,桌上摆了几盆花。一个书架占了一面墙,上面摆满了现代小说和旅行书籍,还有一些或许可以称之为经典的书,说不定很多养老院里的老人每次看到它们都会很高兴。桌上还有一些杂志。

此时屋里只有一个人。一位满头银发都梳向脑后的老太太坐在一把椅子里,正看着自己手里的一杯牛奶。她的脸色白里透红,对塔彭丝友好地笑了笑。

"早上好。"她说,"你是来这里久住还是看望别人?"

"我来探望别人。"塔彭丝说,"我有个姨妈住在这里。我丈夫这会儿正跟她在一起。我们觉得两个人都陪着她可能会比较嘈杂。"

"你考虑得真周到。"老太太说,她很享受地喝了一小口牛奶,"我想,不,算了吧。你想喝点牛奶吗?或者来点茶或者咖啡?我去按铃。这里的人都很体贴。"

"不了,谢谢您。"塔彭丝说,"真的。"

"或者来杯牛奶?今天里面没放毒。"

"哦，不，真的不用了。我们很快就要走了。"

"好吧，如果你坚持——但不会太麻烦的，你知道。这里没人认为有什么事情是麻烦的。除非，我的意思是，你要求一些不可能的东西。"

"我敢说我们看望的姨妈有时候会提一些不可能完成的要求。"塔彭丝说，"她是范肖小姐。"她补充了一句。

"哦，范肖小姐啊。"老太太说，"哦，是她。"

她欲言又止，但塔彭丝愉快地说道：

"我能想象她是个很难对付的人。她向来如此。"

"哦，她确实是。我以前有个姨妈，你知道，跟她一样，年纪大了之后更是如此。不过我们都很喜欢范肖小姐，如果她高兴，她可以非常、非常有趣，在谈论别人的时候，你知道。"

"是啊，我猜她会这样的。"塔彭丝说。她思考了片刻，用一种新思路琢磨着艾达姨妈。

"你说话很刻薄。"老太太说，"顺便说一句，我姓兰卡斯特，兰卡斯特太太。"

"我姓贝雷斯福德。"塔彭丝说。

"要知道，恐怕有时候有人就是心怀恶意，她对住在这里的其他一些老人的描述，她讲述的关于他们的事情。这个嘛，你知道，当然了，对此我们不应该觉得有趣，但确实很有趣。"

"您在这里住了很久了吗？"

"好长时间了。是啊，让我想想，七八年，没错，肯定不止八年了。"她叹了口气，"与外界的人和事失去联系。剩下的几个亲戚都住在外国。"

"那一定很难过。"

"不，不怎么难过。我不怎么关心他们，甚至都不了解他们。

我大病过一场，病得很严重，独自一个人活在世上，他们认为我最好住在这种地方。我觉得我很幸运能来到这里，这里的人们善良又周到。花园也很美。我知道自己不能独居，你知道，因为我有时候很糊涂。非常混乱。"她敲了敲前额，"这里乱。我常把事情搞砸，对发生过的事情常常记不太清楚。"

"很抱歉，"塔彭丝说，"我想一个人总会有点病痛的，是吧？"

"有些疾病非常痛苦。住在这里的两个可怜的女人得了严重的类风湿关节炎，吃尽了苦头。所以我想，如果只是对发生过什么、在哪里、这个人是谁之类的事有一点糊涂的话，可能也没什么关系，至少身体不痛苦。"

"是的，我觉得也许您说得很对。"塔彭丝说。

门开了，一个身穿白色工作服的女孩走了进来，手上捧着一个小托盘，上面放着一个咖啡壶和盛了两片饼干的碟子，她将托盘放在塔彭丝身边。

"帕卡德小姐觉得也许您想要一杯咖啡。"她说。

"哦，谢谢你。"塔彭丝说。

女孩走出房间后，兰卡斯特太太说：

"你瞧，她们很周到，不是吗？"

"是的，确实。"

塔彭丝倒了一杯咖啡，喝了起来。两个女人默默地坐了一会儿。塔彭丝把盛放饼干的碟子递给老太太，但后者摇摇头。

"不了，谢谢你，亲爱的。我只喜欢纯牛奶。"

她放下空杯子，向后倚靠在椅背上，半闭着眼睛。塔彭丝想着也许早上这个时候她会小憩一会儿，于是她没再出声。然而，兰卡斯特太太似乎忽然又醒了过来，她睁开眼睛，看着塔彭丝，说道：

"我看见你在看火炉。"

"哦，是吗？"塔彭丝有点吃惊地说。

"是的。我在想——"她向前探了探身子，压低声音，"抱歉，那可怜的孩子是你的吗？"

塔彭丝吃了一惊，迟疑着。

"不，不，我想不是。"她说。

"很奇怪。我以为也许你是为了这个原因过来的。早晚要有人过来。也许他们会来，然后盯着壁炉，就像你刚才那个样子。它就在那里，你知道，在壁炉后面。"

"哦，"塔彭丝说，"哦，是吗？"

"总是同一时间，"兰卡斯特太太低声说道，"每天总是在同一个时间。"她抬头看着壁炉台上方的钟，塔彭丝也向上看了看，"十一点十分，"老太太说，"十一点十分。没错，每天上午都是这个时候。"

她叹了口气。"人们都不理解，我把我知道的事情告诉他们，但是他们不相信我！"

就在这时，门开了，汤米走了进来，塔彭丝松了口气。她站起身来。

"我在这儿。我准备好了。"她朝门口走去，同时转过头，说道，"再见，兰卡斯特太太。"

"你们相处得怎么样？"他们走进大厅的时候，她问汤米。

"你走了之后，"汤米说，"我们聊得起劲。"

"我好像给她留下了一种不好的印象，是吗？"塔彭丝说，"从某种意义上说，也挺让人高兴的。"

"为什么高兴？"

"这个嘛，在我这个年纪，"塔彭丝说，"整洁、体面、外表乏味，居然被认为是个具有致命诱惑力的放荡女人，蛮有意思的。"

"傻瓜，"汤米亲昵地捏捏她的手臂，"跟你聊得那么热络的那个人是谁？她看上去像是个很好的老太太。"

"她是挺好的，"塔彭丝说，"是个可爱的老太太。不幸的是，脑子有点不太正常。"

"不太正常？"

"是啊。她好像认为壁炉后面有个死去的小孩之类的东西，还问那个可怜的孩子是不是我的。"

"真吓人。"汤米说，"我想这里肯定有些人精神不太正常，她们由于衰老而变得糊涂起来。不过，她看上去挺和气的。"

"哦，她很好，"塔彭丝说，"亲切又和气。我想知道她幻想的究竟是什么，为什么会这样。"

帕卡德小姐忽然间又出现在他们面前。

"再会，贝雷斯福德太太。有人给您送过咖啡了吧？"

"哦，是的，她们端给我了，谢谢你。"

"你们能过来真的是太好了，真的。"帕卡德小姐说完，又转头对汤米说道，"我知道范肖小姐很高兴您能来看望她。很抱歉她对您妻子的态度有些粗鲁。"

"我想那给她带去了很多乐趣。"塔彭丝说。

"是的，您说得很对。她就是喜欢粗鲁待人。不幸的是，她很擅长于此。"

"所以她尽可能频繁地施展这项技艺。"汤米说。

"你很会体谅人，你们两个都是。"帕卡德小姐说。

"跟我聊天的那位老太太，"塔彭丝说，"我想，她是兰卡斯特太太吧？"

"哦，是兰卡斯特太太。我们都非常喜欢她。"

"她，她有点古怪？"

"呃，她有幻觉，"帕卡德小姐宽容地说，"我们这儿有几个人都有幻觉。都不碍事的。不过，她们就是喜欢幻想。她们相信那些事就发生在自己或别人身上。我们尽量不当回事，也不鼓励，只是让其有所减缓。我想这只是一种幻想，一种她们希望生活在其中的幻想。有些令人兴奋，有些则悲伤而不幸。无论哪个都不重要。但是，幸好没有迫害狂。绝对不会发生这种事。"

"好啦，结束啦，"坐进车子里的时候，汤米叹了口气，说，"至少六个月内不需要再来了。"

确实，六个月后，他们不需要过来看望她了，因为，三个星期之后，艾达姨妈在睡眠中去世了。

## 第三章　葬礼

"葬礼太让人悲伤了,是吧?"塔彭丝说。

他们刚从艾达姨妈的葬礼上回来,火车旅行既漫长又麻烦。因为艾达姨妈的祖先和家人都安葬在林肯郡的一个乡村小镇,所以葬礼也在那里举行。

"你希望葬礼是什么样子?"汤米理智地说,"一幅狂欢的场景?"

"哦,有些地方也许是这样,"塔彭丝说,"好像爱尔兰人就非常激动,不是吗?他们有很多哀悼活动,先是恸哭一场,接着喝很多酒,疯狂喧闹。要喝酒吗?"她看了一眼餐具柜,补充道。

汤米走过去,拿来一瓶他认为合适的"白色淑女"。

"啊,这还差不多。"塔彭丝说。

她脱掉黑色的帽子,扔到房间的另一头,然后脱下黑色长外套。

"我讨厌丧服,"她说,"放久了,闻起来总有一股樟脑球的味道。"

"你不需要再穿着丧服了,只是参加葬礼的时候需要穿而已。"汤米说。

"哦,我知道。我这就上楼换一件鲜红的毛线衫,让自己精神点。你可以再给我倒一杯'白色淑女'。"

"说真的,塔彭丝,我不知道葬礼会有这种参加聚会的感觉。"

"我说过了,葬礼令人悲伤,"过了一会儿,塔彭丝又来到汤米面前,穿着一件鲜艳的樱桃红上衣,肩上别了一只镶有红宝石和钻石的蜥蜴,"是因为像艾达姨妈这样的葬礼令人难过——我指的是老年人的葬礼,也没什么鲜花,周围没什么人啜泣和抽鼻子。又老又孤独,没什么人想念他们。"

"我本以为,如果是我的葬礼,你应该好过一点。"

"那你完全错了,"塔彭丝说,"我不太愿意想象你的葬礼,因为我宁愿先你而死。但是,如果我去参加你的葬礼,我一定会万分悲痛。我会带很多的手帕。"

"带黑色花边的手帕?"

"哦,我没想过黑色花边的问题,不过这倒是个好主意。再说了,殡葬仪式也很不错,能让人振奋起来。真正的痛苦是真实的,让人感觉很糟,但也会产生一些影响。我的意思是,能让痛苦像出汗一样流淌出来。"

"说真的,塔彭丝,关于我的死亡及其对你的影响,你说的话非常粗俗。我真的不喜欢听。我们别再说葬礼了。"

"我同意。不提了。"

"可怜的老太太走了,"汤米说,"她走得很平静,没有痛苦。所以,到此为止吧。我想,我最好把所有这些都整理一下。"

他走到书桌旁边,翻动一些文件。

"我把罗克伯里先生的信放在哪儿了?"

"罗克伯里先生是谁?哦,你说的是给你写信的那个律师?"

"是的。是关于处理她身后事的。现在,这个家族好像只剩下我一个人了。"

"可惜她没给你留下一大笔钱。"塔彭丝说。

"如果她有遗产,她会留给那个'猫之家'的。"汤米说,"她会在遗嘱里把她所有的现金都留给猫,没有多少钱可以留给我。当然,我不需要,也不想要。"

"她这么喜欢猫吗?"

"我不知道。我猜是吧。我从没听她提起过它们。我认为,"汤米若有所思地说,"当旧友去看望她的时候,她肯定经常说:'我在遗嘱里给你留了点东西,亲爱的。'或者说:'我在遗嘱里把那枚你喜欢的胸针留给你了。'而且以此为乐。事实上,除了猫之家,她不会给任何人留下任何东西。"

"我敢打赌,她那么做一定觉得很过瘾。"塔彭丝说,"我能想象,她跟那些你说的旧友,或者所谓老朋友,说那些话时的样子,我认为她根本不喜欢他们。她就是喜欢把别人往歪道上领。不得不说,她就是个老魔鬼,不是吗,汤米?只不过,有意思的是,人们就喜欢她这老魔鬼的样子。当人老了,又被困在养老院的时候,这么做才能从生活中找点乐子。我们还要去'煦阳岭'吗?"

"另外一封信在哪儿,帕卡德小姐写的那封?哦,在这儿。我把它跟罗克伯里的放在一起了。是的,她说还有一些东西在那儿,我想,现在应该是属于我的财产了。你知道,她搬去那里住的时候,带了一些家具。当然,还有一些她的个人物品,衣服之类的。我想总得有人去处理下,还有信什么的。我是她的遗嘱执行人,所以得由我来决定。我想我们也不是真的想要那些东西,对吧?只有一张小桌子我一直很喜欢。我想那是威廉叔叔的。"

"哦,你可以留下来当个纪念。"塔彭丝说,"其他的东西,我们就拿去拍卖好了。"

"所以，你真的不需要过去。"汤米说。

"哦，我觉得我应该过去。"塔彭丝说。

"你想去？为什么？你不觉得很厌烦吗？"

"什么？看她的东西？不，我不觉得。我很好奇。旧信和古董首饰总是很有趣，而且，我觉得我应该亲自过去看一看，不能就这么送去拍卖或者让陌生人来处理。不，我们要过去仔细检查一下那些东西，看看有没有想要留下的，其余的可以处理掉。"

"你为什么这么想去？肯定有其他原因，对吗？"

"哦，亲爱的，"塔彭丝说，"嫁给一个太了解自己的男人真是可怕。"

"如此说来，你确实有其他原因了？"

"也没什么。"

"说吧，塔彭丝。你可不喜欢翻弄别人的东西。"

"那个嘛，我觉得，是我的责任，"塔彭丝坚定地说，"这另一个原因就是——"

"说啊，快说吧！"

"我很想再看看另外一个老太太。"

"什么，那个认为壁炉后面有个死孩子的老太太？"

"是的，"塔彭丝说，"我想再跟她谈谈。我想知道她说那些话的时候在想些什么，是她记忆中的某些事，或者仅仅是她幻想出来的。我越想就越觉得这件事看上去不寻常。是她在自己脑海中编写的故事，还是曾经真实发生过一些事，跟壁炉或者一个死去的孩子有关。是什么让她觉得那个死去的孩子也许是我的？我看上去像有个孩子夭折了吗？"

"我不知道你怎么会觉得有人看上去就像失去孩子的妈妈。"

汤米说,"我可不会这么想。不管怎样,塔彭丝,我们有责任过去一趟,你可以顺便好好调查你那件可怕的事。就这么决定了。我们给帕卡德小姐写信,定一下日期。"

## 第四章　画着一座房子的画

塔彭丝深深吸了口气。

"还是一样的。"她说。

她跟汤米正站在"煦阳岭"门前的台阶上。

"难道不应该就是一样的？"汤米问道。

"我说不准。只是我的一种感觉，跟时间有关。在不同的地方，时间流逝的速度也不同。你再回到某个地方，会觉得时间正以惊人的速度在喧闹中飞逝，各种各样的事情发生了、改变了。但是在这里，汤米，你记得奥斯坦德①吗？"

"奥斯坦德？我们在那里度的蜜月。我当然记得。"

"那你记得牌子上写的字吗？电车停运，让我们大笑不已。看起来很可笑。"

"我觉得那是在诺克②，不是奥斯坦德。"

"没关系，你记得就好。啊，就像那个词，电车停运③，一个合成词。时间停止④，什么事都没有发生。时间静止了。这里发生的一切都没有任何变化。就像幽灵一样，只不过我们是在人间。"

---

①即 Ostend，比利时沿海城市。
②即 Knock，爱尔兰著名圣母朝圣地。
③原文为 Tramstillstand。
④原文为 Timestillstand，与 Tramstillstand 的发音和拼写相似。

"我真搞不懂你在说什么。你打算一整天都站在这里谈论时间,不去按门铃吗?艾达姨妈不在这儿了,这件事是不一样的。"他按了门铃。

"这是唯一一件不一样的事。老太太还是会喝着牛奶讲述壁炉的事;那位什么夫人会吞下顶针或汤匙;那位有趣的小个子老太太会尖叫着从房间里出来,要求喝可可;而帕卡德会从楼上走下来,而且——"

门开了。一个穿尼龙套装的年轻女子说道:"是贝雷斯福德先生和太太吗?帕卡德小姐正在等您二位。"

年轻女子正打算领着他们进入上次那间会客厅,帕卡德小姐从楼上走下来,向他们表示问候。她的态度很合时宜,不像平时那般轻快,而是显得很庄重,又露出几分哀悼的样子,并不过分,不然会让人觉得尴尬。表现出恰当而又使别人能够接受的哀悼,在这方面她可是位专家。

《圣经》说人的寿命有七十年,在她的养老院中,鲜有人不到七十岁就去世。这是人们可以预料到的事。

"你们能过来真是太好了。我把所有东西都归置妥当了,方便你们察看。很高兴你们能这么快就赶过来,因为事实上,有三四个人正在等着空位,想要搬过来。我相信你们会理解的,而不会觉得我是在催促你们。"

"不不,当然了,我们非常理解。"汤米说。

"东西仍然在范肖小姐住过的房间里。"帕卡德小姐解释道。

帕卡德小姐打开他们上次见到艾达姨妈的那个房间的房门。床上盖着防尘罩,隐约可见折叠好的毛毯和摆放整齐的枕头的形状。

衣橱门仍然开着,原本在里面的衣服已经被整整齐齐地叠好,放在了床上。

"你们通常会怎么做?我的意思是,人们大多都怎么处理衣物这类东西?"塔彭丝问道。

帕卡德小姐一如既往地称职,乐于助人。

"我可以向你们推荐两三家社团,他们非常愿意接收这类东西。她有一条上好的裘皮披肩和一件质地上乘的外套,我猜你们自己也用不到吧?不过,也许你们知道一些可以处理这些东西的慈善机构。"

塔彭丝摇了摇头。

"她有一些珠宝首饰,"帕卡德小姐说,"出于安全考虑,我把它们收起来了。就放在梳妆台右手边的抽屉里面。知道你们要过来,所以刚才我把它们放在那里了。"

"非常感谢,"汤米说,"给你添了这么多麻烦。"

塔彭丝正在盯着壁炉上方的一幅画。这幅小油画上画了一座粉色的房子,毗邻一条运河,一条小小的拱桥横跨河面。桥下河岸边停泊着一只空船,远处有两棵白杨。一幅令人赏心悦目的景色。但是汤米不明白塔彭丝为什么看得如此认真。

"真奇怪。"塔彭丝嘟囔道。

汤米探询地看着她。根据他长期的经验,塔彭丝觉得奇怪的事,实际上已经远远超过"奇怪"这个形容的含义了。

"你是什么意思,塔彭丝?"

"就是奇怪。以前我来这儿的时候从没注意到这幅画。但奇怪的是,我在什么地方见过这座房子。也许它很像我见过的某座房子。我记得很清楚……奇怪的是我记不清是在什么时候、在哪里见过了。"

"我想你是在自己也不知道自己留意的情况下注意到的吧。"

汤米说，他觉得自己的措辞太笨拙了，跟塔彭丝重复"奇怪"这个词一样令人心烦。

"上次我们来这儿的时候，你注意到了吗，汤米？"

"没有，不过那时我没有细致地观察四周。"

"哦，那幅画啊，"帕卡德小姐说，"不，我想你们上次过来的时候不可能看到，因为我几乎可以肯定那时它还没挂在壁炉上面。实际上，这幅画是我们的另外一位老人的，她将它送给了你们的姨妈。有那么几次，范肖小姐表达了对那幅画的赞赏，这位老太太就把它作为礼物送给了她，并坚持要她收下。"

"哦，我明白了，"塔彭丝说，"所以，当然，我之前不可能在这儿见过它。但我还是觉得这座房子很熟悉。你呢，汤米？"

"不觉得。"汤米说。

"好吧，我先出去了。"帕卡德小姐轻快地说道，"如果有需要，请尽管叫我。"

她微笑着点点头，走出房间，随手关上门。

"我真是不喜欢那个女人的牙齿。"塔彭丝说。

"牙齿怎么了？"

"牙太多了。或者是太大了——'可以一口把你吃掉，我的孩子'——就像《小红帽》里的狼外婆。"

"你今天的情绪非常古怪，塔彭丝。"

"确实是。我一直觉得帕卡德小姐人很好；但是今天，不知怎么，她看上去似乎很邪恶。你感觉到没？"

"没有，我没觉得。好啦，我们继续做我们该做的事吧，仔细检查一下可怜的老艾达姨妈的——正如律师们所说的——'财产'。这就是我跟你说过的书桌，威廉叔叔的桌子。你喜欢吗？"

"很可爱。我觉得是摄政时期①的风格。老年人来这里的时候还可以带上一些自己的东西，挺好的。我不喜欢这几张马鬃椅，但是我喜欢那个小小的工作台，可以换掉家里靠窗的角落里那个丑陋的古董架。"

"好的。"汤米说，"我把这两件记下来。"

"我们还要带走壁炉上的那幅画。它太迷人了，我肯定我在哪儿见过这座房子。现在，我们来看看首饰吧。"

他们拉开梳妆台的抽屉，里面有一套浮雕玉石，一只佛罗伦萨手镯和一些耳环，还有一枚镶嵌着不同颜色宝石的戒指。

"我以前见过其中一些，"塔彭丝说，"常常会让你回想起一个名字，有时候是最亲爱的人。钻石，祖母绿，紫水晶，不，不是亲爱的人。我认为不是的。我想象不到有谁会送给你艾达姨妈一枚戒指，上面写着亲爱的。红宝石，绿宝石，困难在于你不知道该从哪里开始。我再试试。红宝石，绿宝石，又一颗红宝石，不，我觉得是颗石榴石，一颗紫水晶，还有一颗粉色宝石，这一定是红宝石，中间还镶了一颗小钻石。哦，当然了，这表示'关心'。真的很不错。款式老旧，蕴含着情感。"

她将戒指套在手指上。

"我想黛博拉也许会喜欢，"她说，"还有这套佛罗伦萨首饰。她特别喜爱维多利亚时代的东西。现在很多人都喜欢。好啦，我想我们应该看一下衣服，这通常非常可怕。哦，这就是那条裘皮披肩。我觉得非常昂贵。我可不想要。我在想这里是否有其他人，像是对艾达姨妈特别好的人，也许是其他住客中某个特别的朋友。我的意思是，来访者。我留意到，他们称其为来访者或者

---

①摄政时期：指英国历史上一八一一年至一八二〇年的一段时期。

客人。如果这样的话，把披肩送给她就很好，是真貂皮的。我们可以问问帕卡德小姐。其他的东西可以捐给慈善机构。那么，问题都解决了，不是吗？现在我们去找帕卡德小姐吧。再见了，艾达姨妈。"她大声说道，目光转向床铺，"很高兴我们上次来看望您了。非常遗憾您不喜欢我，但如果您不喜欢我并说了些粗鲁的话能让您觉得有趣，我是不会因此而感到不快的。您总得找点乐子。我们不会忘记您的。当我们看到威廉叔叔的书桌时，就会想起您的。"

他们找到了帕卡德小姐。汤米解释说他们会安排人将书桌和小工作台送到自己家，其他家具会安排当地的拍卖商来处理。如果她不嫌麻烦的话，他想由她来负责安排愿意接收衣服的社团。

"我不知道这儿是否有人想要她的裘皮披肩，"塔彭丝说，"是一条非常好的披肩。也许她某个特别的朋友？又或许是某位特别护理过艾达姨妈的护士？"

"你的想法真是太好了，贝雷斯福德太太。恐怕在我们这些老人中，范肖小姐并没有什么特别的朋友。但是，其中一位护士，奥基弗小姐，对她照顾有加，人很好，也很机智，我想她会很高兴也很荣幸能拥有这件披肩。"

"还有壁炉上方的那幅画，"塔彭丝说，"我想带走，不过也许画的原主人、送画给她的那位，想要将它还回去。我想我们应该问问她——？"

帕卡德小姐打断了她的话。"哦，抱歉，贝雷斯福德太太，恐怕我们不能那么做。是兰卡斯特太太把画送给了范肖小姐，而她已经不在这里了。"

"不在了？"塔彭丝吃惊地说，"兰卡斯特太太？上次我在这儿见到的把白发全部梳到脑后的那位？当时她正在楼下客厅喝牛奶。您说，她已经离开了？"

"是的。一切都很突然。她的亲戚约翰逊太太，一个星期前将她带走了。约翰逊太太在非洲生活了四五年，最近突然回到了英国。现如今她可以在自己的家里照顾兰卡斯特太太了，因为她和她丈夫在英国买了一座房子。我认为，"帕卡德小姐说，"兰卡斯特太太真的不想离开我们。她过得很舒适，跟每个人相处得都很愉快，她很开心。这件事让她焦虑不安，非常伤心，但又能做什么呢？她说得不算，因为是约翰逊太太支付她在这里的费用。我确实建议过，既然她在这里住了这么久，也安定下来了，也许让她留下来更好——"

"兰卡斯特太太在这里住了多久？"塔彭丝问道。

"哦，我想，将近六年了。是的，差不多。因此，她感觉这里就是她的家。"

"是啊，"塔彭丝说，"是啊，我能理解。"她皱着眉头，紧张地瞥了汤米一眼，然后坚定地仰起下巴。

"很遗憾她已经走了。上次跟她聊天的时候，我有种与她似曾相识的感觉，觉得她很面熟。后来我回忆起来，我见过她跟我一位老朋友布伦金索普太太在一起。我本想下次再来看望艾达姨妈的时候，问问她是不是这样。但是，当然了，如果她回到亲人身边，就没办法了。"

"我非常理解，贝雷斯福德太太。这里的住客如果能跟老朋友或者曾经认识他们亲戚的人联系上的话，他们的感觉会大不相同的。我不记得她曾经提到过一位布伦金索普太太，不过我想无论如何她也没必要非得提到这件事。"

"您能跟我多讲一些她的事吗？她的亲戚是谁，她是怎么来到这儿的？"

"其实没什么可以讲的。我说过,大约六年前,约翰逊太太来信询问这里的情况,接着,她亲自过来察看过。她说,一位朋友对她提到过'煦阳岭',并且询问了价格之类的,然后她就走了。过了一两个星期,我们收到伦敦一家律师事务所关于进一步查询的来信,最后,他们写信说希望我们能够接收兰卡斯特太太,如果我们有空床的话,约翰逊太太会在一个星期内带她过来。当时我们正好有空位,所以约翰逊太太就带着兰卡斯特太太来到这里,而兰卡斯特太太似乎很喜欢这个地方,也很喜欢我们打算分配给她的房间。约翰逊太太说兰卡斯特太太想要带一些自己的东西过来。我完全同意,因为老人们通常都会那么做,还会很开心。所以,一切安排都令人非常满意。约翰逊太太解释说,兰卡斯特太太是她丈夫的一个亲戚,不是近亲,但是他们很担心她,因为他们要去非洲了,我想是尼日利亚,她丈夫要去那儿就职,很可能他们几年之内都不会回英国了,他们也没有地方可以给兰卡斯特太太住,他们希望她能住在一个让她真正开心的地方。听别人的介绍,他们相信这个地方非常不错。所以,一切都安排得尽善尽美,而兰卡斯特太太在这里住得也很安稳。"

"了解了。"

"这儿的每个人都很喜欢兰卡斯特太太。她有点,哦,你懂我的意思,脑子有点糊涂。我是说,爱忘事,常把事情搞混,有时候记不住名字和地址。"

"她收到的信多吗?"塔彭丝说,"我是说国外寄来的信或者物品?"

"这个嘛,我想约翰逊太太,或者约翰逊先生,第一年从非洲写过一两次信,再就没有了。恐怕人们很善忘,你知道。尤其是当他们去了一个新的国家,过上完全不同的生活。我认为他们跟她的联系一向都不太密切。一房远亲，一分家族责任，仅此而已。所有的费用都是通过艾克尔斯律师来办理的，他开办的公司声誉很好。实际上，之前我们跟这家公司有过几次业务往来，所以我们彼此都了解。不过我认为兰卡斯特太太大多数的朋友和亲人都已经过世，因此她没有收到很多信件，而且也没什么人过来看望她。我想大约一年以后，有个英俊的年轻人来过。我认为他并不认识兰卡斯特太太，但他是约翰逊先生的朋友，在海外殖民地公职机构工作。他过来大概是看看她是否安好的。"

"从那以后，"塔彭丝说，"所有人都把她忘了。"

"恐怕是这样的，"帕卡德小姐说，"令人难过，不是吗？不过世事往往如此，也没什么可奇怪的。幸运的是，大多数住客在这里都交到了朋友。他们相处友好，志趣相投，也有某些共同的回忆，因此，事情就这么愉快地解决了。我觉得她们绝大多数都不再记挂往事了。"

"我想，其中一些人，"汤米说，"有点——"他语气迟疑，一只手缓缓地抬到额头处，但又放了下去，"我不是说——"他说。

"哦，我十分明白您的意思，"帕卡德小姐说，"我们不接受精神病患者，你知道，我们的确接收了一些你可以称为处于边缘的老人。我的意思是，那些年纪很大、不能好好照顾自己的老人，或者有某种幻想或幻觉的老人。有时候她们会把自己想象成历史人物，不过不会对别人造成伤害。我们这儿有过两位玛丽·安托瓦内特[①]，其中一位总是在谈论小特里亚农宫[②]，喝大量牛奶，她似乎认为牛奶跟那个地方有关联。以前，有位老人坚持

---

① 玛丽·安托瓦内特，(Marie Antoinettes, 1755—1793)，法王路易十六的王后。
② 小特里亚农宫：Petit Trianon，是一个小城堡，位于法国凡尔赛宫的庭院，也是玛丽·安托瓦内特居住的地方。

说自己是居里夫人，是自己发现了镭。她常常兴致勃勃地读报，尤其是那些关于原子弹或科学发现的消息，又解释说是她和她丈夫率先开启了这些领域的实验。人老了，那些无害的幻想能让你过得很快乐。要知道，这种情形通常不会持续太久。她们并非天天都是玛丽·安托瓦内特或居里夫人。一般两个星期发生一次。后来，我猜她们对扮演这件事厌烦了。当然，更常见的问题是健忘，她们记不太清自己是谁，或者一直说自己忘了一件很重要的事，要是能记起来就好了。诸如此类的吧。"

"我明白了，"塔彭丝说，她迟疑片刻，又说，"兰卡斯特太太，她总会提到会客厅里那个壁炉，或者其他壁炉吗？"

帕卡德小姐吃了一惊。"壁炉？我不明白您在说什么。"

"她说了一些我不明白的事，也许是壁炉让她产生了某些不好的联想，或者读过一些吓到她的故事。"

"也许吧。"

塔彭丝说："那幅她送给艾达姨妈的画让我很不安。"

"我真的认为您不需要担心，贝雷斯福德太太。我想她现在早就忘光了，我不觉得她很珍视这幅画，只不过是范肖小姐欣赏，这让她很开心，并且乐于送给她而已。我相信如果你拿走这幅画她也一定很高兴，因为您也喜爱它。我自己也觉得这幅画不错，尽管我对画了解不多。"

"我想告诉您我的想法。如果您能给我约翰逊太太的地址，我会写信给她，问问可否留下画。"

"我只有他们要去的那家在伦敦的旅馆的地址，我想是叫克利夫兰，没错，克利夫兰旅馆，西一区乔治街。她带着兰卡斯特太太在那儿待上四五天，之后我想他们要去苏格兰，住在亲戚家。希望克利夫兰旅馆会有转发地址。"

"好，谢谢您。那么，艾达姨妈那件裘皮披肩——"

"我去带奥基弗小姐过来见您。"

她走出房间。

"你和你的布伦金索普太太。"汤米说。

塔彭丝一脸得意。

"我的最佳作品之一，"她说，"很高兴能用上她。我正在琢磨一个名字，忽然，布伦金索普太太就从脑海中冒了出来。很有趣，是吧[①]？"

"都是很久以前的事了，对我们而言，再也没有战时间谍和反间谍活动了。"

"太可惜了。真的很有意思，住在那家小旅馆里，假扮成另外一个人，我真的开始相信自己就是布伦金索普太太了。"

"你能安全逃脱真是幸运，"汤米说，"在我看来，就像我以前跟你说的那样，你表演得过于夸张了。"

"我没有，我演得恰如其分。一个善良的女人，有点傻乎乎的，全部精力都放在三个儿子身上。"

"我说的就是这一点，"汤米说，"一个儿子已经够了，三个儿子的负担太重了。"

"对我来说，他们变得很真实，"塔彭丝，"道格拉斯、安德鲁，还有，老天，我已经把第三个人的名字给忘掉了。我很清楚他们的样子和性格特点，驻扎在哪里，还能没轻没重地谈论他们的来信。"

"哎呀，那都过去了，"汤米说，"在这里没什么可查的，所以，忘掉布伦金索普太太吧。等我死了，埋了，你就适当地哀悼

---

[①] 此处的"布伦金索普太太"曾出现在该系列前作《桑苏西来客》里，系塔彭丝行动时的化名。

40

我一番，住到养老院里，我想你有一半的时间会认为自己是布伦金索普太太。"

"只扮演一个角色一定非常无聊。"塔彭丝说。

"你觉得为什么老人想象自己是玛丽·安托瓦内特或者居里夫人之类的人物呢？"汤米问道。

"我想是因为她们感到厌烦吧。人是会感到厌烦的。如果你的双腿不能走路，或者手指变得僵硬，不能织东西了，我相信你也会觉得厌烦的。你会努力找点事情做，自娱自乐，所以你尝试做个公众人物，体验一下成为别人是什么感觉。我完全可以理解。"

"我相信你能，"汤米说，"上帝保佑你将要去居住的养老院。我相信，绝大多数时间你都会是埃及艳后。"

"我不会是名人的，"塔彭丝说，"我将是克利夫斯的安妮的帮厨女工，到处兜售我听来的添油加醋的小八卦。"

这时，门开了。帕卡德小姐和一位高个子、脸上长有雀斑、穿护士制服、一头红发的年轻女人走了进来。

"这位是奥基弗小姐，这是贝雷斯福德先生和太太。他们有事想跟你谈谈。我先出去了，好吗？有个病人找我。"

于是塔彭丝便将艾达姨妈的裘皮披肩送了出去。奥基弗护士欣喜万分。

"哦，太好了。可是，这对我来说太贵重了。您自己也可以留着——"

"不，我真的不需要。对我来说太大了。我个子太矮了。像你这种高个子女孩再合适不过了。艾达姨妈也很高。"

"啊！她是位高个子老太太，她年轻时一定是个漂亮姑娘。"

"我想是吧，"汤米怀疑地说道，"不过，她一定很难伺候。"

"哦,没错,确实。但她精神很好,没什么能打倒她,她也很聪明。你会惊异于她理解事物的思路,敏锐得如同一根针。"

"不过,她脾气不好。"

"是啊,确实如此。不过抱怨之类的才会让你受不了,不停地抱怨、呻吟。范肖小姐从来不会让人觉得无聊乏味。她会跟你讲一些过去的古老传说,她年轻的时候曾经骑着马冲上乡间小屋的楼梯,她是这么说的,是真的吗?"

"哦,我认为她可能会那么做。"汤米说。

"你永远不知道在这里你能相信些什么。那些可爱的老太太对你讲述的各种故事。她们辨认出了罪犯,我们必须马上通知警察,不然,我们所有人都会有危险。"

"上次我们来这儿的时候,我记得有人被下毒了。"塔彭丝说。

"啊,那是洛基特太太。她每天都会发生这种事。不过她并不需要警察,而是需要一位医生,她只信医生。"

"还有一个人,一个小个子女人,大声叫着喝可可——"

"那是穆迪太太。可怜的,她走了。"

"你是指离开这儿?"

"不,她得了脑血栓,非常突然。她对您的姨妈非常忠心,范肖小姐并不是总有时间陪她,总是喋喋不休没完没了,总是如此——"

"我听说,兰卡斯特太太离开了。"

"是的,她的亲属把她接走了。她并不想走,可怜的。"

"她给我讲过一个故事,跟会客厅的壁炉有关,是怎么回事呢?"

"啊!她有很多故事,有发生在她身上的故事,也有她知道的一些秘密——"

"是关于一个小孩的,一个被绑架或者被谋杀的孩子——"

"她们编出来的故事奇怪得很。电视经常让她们产生很多的想法——"

"为这些老年人工作,你会觉得有压力吗?一定很疲惫。"

"哦,不,我喜欢老人,这就是我选择老年人护理工作的原因。"

"你在这里很久了吗?"

"一年半了,"她顿了顿,"但是我下个月要离开了。"

"哦!为什么?"

第一次,奥基弗护士的脸上露出了不自然的表情。

"这个嘛,您也知道,贝雷斯福德太太,人总需要改变一下——"

"但是你还会做同样的工作?"

"哦,是的——"她拿起披肩,"再次对您表示感谢,我也很高兴能有一件东西可以纪念范肖小姐,她是个很好的老太太,现如今像她这样的人可不多见了。"

## 第五章　老妇的失踪

### 1

艾达姨妈的东西如期送到了。书桌安装好了，备受好评。被小工作台替换掉的古董架则被丢在大厅昏暗的角落里。画有运河桥边浅粉色房子的那幅画被塔彭丝挂在她卧室壁炉的上方，这样，她每天喝早茶的时候就可以看到它。

因为仍旧觉得有些良心不安，塔彭丝写了封信解释那幅画是如何到了他们手中，但是，假如兰卡斯特太太想要拿回去，只需要告诉他们就可以了。她将信件寄到了伦敦西一区乔治街克利夫兰旅馆，烦请约翰逊太太转交给兰卡斯特太太。

没有回信。一个星期之后，信被退了回来，上面潦草地写着"此地址查无此人"。

"真烦人啊。"塔彭丝说。

"或许他们只待了一两晚。"汤米揣测道。

"他们应该留下信件转送的新地址吧——"

"你在信封上写'请转寄'了吗？"

"是啊，我写了。我知道了，我要打电话问问他们，他们肯定在旅客登记簿上留下地址了——"

"我要是你，就这么算了。"汤米说，"干吗这么小题大做？

我想那位老太太早就不记得这幅画了。"

"我再试试吧。"

塔彭丝坐在电话旁,不一会儿就接通了克利夫兰旅馆。

几分钟后,她来到汤米的书房。

"很奇怪,汤米,他们根本没去过那里。没有约翰逊太太,没有兰卡斯特太太,她们没订房间,也没有她们曾在那里停留的任何痕迹。"

"我猜帕卡德小姐把旅馆的名字搞错了。匆匆忙忙写下来,也许之后弄丢了,或者记错了。你知道,这种事常有发生。"

"我觉得'煦阳岭'不会发生这种事。帕卡德小姐做事一直很可靠。"

"也许她们并没有事先预订旅馆,人又住满了,所以她们去了别的地方。你也知道伦敦的住宿情况。你一定要这么大惊小怪的吗?"

塔彭丝走出房间。

很快她又返回了。

"我知道该怎么办了。我会给帕卡德小姐打个电话,问一下律师的地址——"

"什么律师?"

"你不记得她说过一家律师事务所吗,因为约翰逊夫妇在国外,所以律师帮他们打理一切事务。"

短期内汤米要参加一次研讨会,他正忙着起草演讲稿,于是他低声咕哝道:"如果发生这种意外,恰当的方针——"他问,"'意外'怎么写,塔彭丝?"

"你有没有在听我说话啊?"

"没错,真是个好主意,太棒了,简直绝妙,你去做吧——"

塔彭丝走了出去，再次探头进来，说道：

"以外。"

"不对，不是这个词。"

"你在写什么？"

"下星期我要在国安联宣读的论文，拜托你让我安静地写完吧。"

"抱歉。"

塔彭丝走开了。汤米继续写着。随着写作速度的加快，他渐渐面露喜色，就在这时，门又开了。

"给你看看，"塔彭丝说，"帕丁戴尔、哈里斯、洛克瑞奇及帕丁戴尔，在Ｗ.Ｃ.二区林肯街三十二号。电话是霍尔本区〇五一三八六。公司负责人是艾克尔斯先生。"她在汤米肘边放下一张纸，"现在该你了。"

"不！"汤米坚决地说道。

"一定要！她是你艾达姨妈。"

"怎么把艾达姨妈扯进来了？兰卡斯特太太又不是我姨妈。"

"但这是律师，"塔彭丝坚持道，"跟律师打交道是男人的事。他们觉得女人都是傻子，根本不会放在心上——"

"真是个非常明智的观点。"汤米说。

"哦，汤米，帮帮忙吧。你去打个电话，我去查查字典，看'意外'怎么拼。"

汤米看了她一眼，但还是起身走了。

终于，他回来了，语气坚定："这件事到此为止了，塔彭丝。"

"你找到艾克尔斯先生了？"

"严格来说，跟我说话的是一位威尔斯先生。毋庸置疑，他就是帕廷福德、洛科乔和哈里森公司①的打杂人员。不过他消息灵通、口齿伶俐。所有的信件和通讯都是由南方银行转交,他们会提供全部信息。我跟你说吧,塔彭丝,线索就在这里断了。银行会提供信息,但是他们不会向你或其他询问的人提供任何地址。他们有自己的规章制度,并且会严格执行,他们的嘴巴就像我们那些一个比一个自大的总理一样严丝合缝。"

"好吧。我会写一封信,请银行转交。"

"去吧,看在上帝的分上,让我静静吧,不然我的论文永远都写不完。"

"谢谢你,亲爱的,"塔彭丝说,"真不知道没有你我该怎么办。"她吻了吻他的额头。

"真会甜言蜜语。"汤米说。

## 2

一直到第二个星期四的晚上,汤米忽然问道:"对了,你让银行转交的给约翰逊太太的信,有回复吗——"

"你能问起,真是太好了,"塔彭丝嘲讽地说,"没有,我没收到。"她沉思着,补充道,"而且我觉得不会收到。"

"为什么不会?"

"你又不是真感兴趣。"塔彭丝冷冷说道。

"听我说,塔彭丝,我知道我太忙了——都是国安联,谢天谢地,一年只有一次。"

"下个星期一开始,是吧?一共五天——"

---

①之前汤米并没有认真听塔彭丝说的话,所以此处把公司的名字也说错了。

"四天。"

"你们所有人都会去某村庄一座秘而不宣、极为机密的屋子里,做演讲、读论文,审查年轻人承担欧洲内外超级秘密任务的资格。我早就忘了国安联的全称是什么了。现如今什么都是缩写——"

"国际联合安全联盟。"

"真拗口!太可笑了。我猜那个地方全都安装了窃听器,每个人最私密的谈话都会被别人听得清清楚楚。"

"极有可能。"汤米咧嘴一笑,说道。

"我猜你肯定很喜欢?"

"从某一方面来说,我觉得很好。可以见到很多老朋友。"

"我想,现在全都变成老糊涂了吧。这种会议有任何好处吗?"

"老天,这叫什么问题!你能相信这个问题可以简单地用'有'或'没有'来回答吗——"

"这些人之中有谁很能干吗?"

"这个问题,我回答'有'。他们中的一些人确实很有才华。"

"老乔希也去吗?"

"是的,他也参加。"

"他现在怎么样了?"

"全聋了,眼睛半瞎,因为风湿病而一瘸一拐的——见到他现在的样子,你一定会吃惊的。"

"我知道了。"塔彭丝说,默默思索着,"真希望我也能参加。"

汤米抱歉地看着她。

"我想,我不在家的时候,你会找点事做。"

"也许吧。"塔彭丝沉思着说。

丈夫看她的目光中带有隐隐的担忧,塔彭丝常常让他产生这种感觉。

"塔彭丝,你在忙什么?"

"没有啊,到目前为止,我只是在思考。"

"思考什么?"

"煦阳岭。一位和善的老太太一边小口喝着牛奶,一边没头没脑地说着死小孩和壁炉的事。这让我产生了兴趣。那时我想,下次再去看望艾达姨妈的时候,我会试着从她那儿打探更多的消息,但是没有下次了,因为艾达姨妈去世了;而我们再去'煦阳岭'的时候,兰卡斯特太太,失踪了!"

"你是说她的家人把她带走了吗?那不是失踪,是很自然的事嘛。"

"是失踪,没有可查询的地址,没有回信,明明是失踪。我越来越肯定了。"

"可是——"

塔彭丝打断了他的"可是"。

"听着,汤米,假设某个时间真的有罪案发生,事后掩饰得也很好,看上去一切安好,但是,假如家里有人看到什么或知道什么——可能是一个上了年纪且爱唠叨的人,一个跟别人喋喋不休的人,一个让你忽然意识到对自己是个威胁的人,你会怎么处理这个问题?"

"在汤里下毒?"汤米兴致勃勃地建议道,"用短棒打她们的脑袋,把她们推下楼梯?"

"这些太极端了,突然的死亡会引起注意的。你得找个简单的方法,而你找到了一个。一家面向老年女士的不错的养老院。

你得去拜访一下，自称是约翰逊太太或罗宾逊太太，或者，你会邀请毫不知情的第三方操办此事，通过一家稳定可靠的律所处理费用的问题。也许，你已经暗示过你这位年老的亲戚喜欢幻想，有时还有轻微的妄想，很多老年人也是这样的，没人会觉得奇怪。如果她嘀嘀咕咕地说到被投毒的牛奶，或者壁炉后面死去的孩子，或者一次邪恶的绑架，没人会认真去听的。他们只是觉得这位老太太又在幻想了，根本没人理会。"

"除了托马斯·贝雷斯福德的太太。"汤米说。

"好吧，是的，"塔彭丝说，"我已经注意到了——"

"可你为什么会注意呢？"

"我也不太清楚，"塔彭丝缓缓说道，"就像童话故事一样。'从我拇指刺痛的感觉，就知道必将有邪恶之事来临'。我突然感到害怕。我一直以为'煦阳岭'是个平凡、快乐的地方，突然间，我开始有所怀疑，这是我唯一的感受。我想了解更多一些。而现在，可怜的兰卡斯特太太失踪了。有人把她秘密地带走了。"

"但他们为什么要这么做？"

"我想到的唯一理由是，在那些人看来，她的情况越来越糟，也许，记起了更多的事，对别人说得更多了，也许她认出了某个人，或者某个人认出了她，或者对她说了什么事，令她对以前发生过的事有了新的想法。总之，出于某种原因，她开始对其造成威胁了。"

"听我说，塔彭丝，你说的全都是某个人或某件事，这只是你想象出来的。你不想让自己卷入不相干的事情——"

"照你所说，根本就没什么事能让我卷入其中。"塔彭丝说，"所以你完全不必担心。"

"别管'煦阳岭'了。"

"我并没打算再去一次'煦阳岭',我想她们已经把所知全都告诉我了。我认为老太太在那里居住的那段时间非常安全。我想查出来她现在在哪儿,不管她在哪里,我都想在她出事之前及时找到她。"

"你究竟认为她会出什么事?"

"我不愿意去想。但是我在追踪线索,我会成为普鲁登斯·贝雷斯福德,私家侦探。你记得我们曾是布朗茨·布里连特侦探吗?"

"我是侦探,"汤米说,"你是罗宾逊小姐,我的私人秘书。"

"不完全是。不管怎样,你去'秘密庄园'扮演国际侦探的时候,我就要去做我的事情,就是忙着'拯救兰卡斯特太太'。"

"也许你会发现她一切安好。"

"但愿吧。没人会比我更高兴。"

"你打算从哪里着手?"

"就像我跟你说过的,我要先考虑一下。也许登个启事之类的?不,那样不行。"

"好吧,小心点。"汤米非常不以为然地说道。

塔彭丝不屑回答。

# 3

星期一早晨,艾伯特把盛着早茶的托盘放在两张床中间的桌子上,拉开窗帘,宣布今天是个好天气,然后挪动着现如今已经发福的身躯走出了房间。他为贝雷斯福德夫妇管理家务很多年,在他还是个开电梯的红发男孩的时候,就被他们拉去打击各种犯罪活动。

塔彭丝打了个哈欠,坐起身,揉揉眼睛,倒了一杯茶,放入一片柠檬,然后说天气看着不错,但也说不准。

汤米翻了个身,咕哝一声。

"醒醒,"塔彭丝说,"别忘了你今天要出门。"

"哦,上帝,"汤米说,"是啊。"

他也坐起身,给自己倒了杯茶,赞赏地看着壁炉上方的画。

"我得说,塔彭丝,你这幅画看上去真美。"

"阳光从窗口斜着照射进来,让画面变亮了。"

"宁静。"汤米说。

"我要是能想起来我在哪儿见过它就好了。"

"我觉得这没什么关系。你早晚会记起来的。"

"那没用。我想现在就记起来。"

"可是为什么?"

"你不明白吗?这是我唯一的线索。这是兰卡斯特太太的画——"

"可是,不管怎么说,这两件事没有任何关系啊。"汤米说,"我的意思是,这幅画确实曾经属于兰卡斯特太太,但也许只是她或者她家里某个人从画展上买回来的。也许是别人送她的礼物。她将它带到'煦阳岭'是因为她觉得它好看。没有任何理由表明这幅画跟她本人有什么联系。不然的话,她不会把它送给艾达姨妈。"

"这是我唯一的线索。"塔彭丝说。

"一座静谧漂亮的屋子。"

"可我觉得它是一座空屋。"

"你是什么意思,空的?"

"我觉得,"塔彭丝说,"那里没人住。我觉得不会有人从屋子里走出来。没人会跨过那座桥，没人会解开绳索，乘舟而去。"

"老天哪，塔彭丝，"汤米瞪着她，"你怎么了？"

"我第一次见到它的时候就是这么想的，"塔彭丝说，"我想：要是能住在这房子里该多好啊。然后我又想：但没人住在这里，我确定。这说明我以前见过它。等等。等等……快想起来了，快了。"

汤米盯着她。

"透过窗户，"塔彭丝急促地说道，"透过汽车车窗？不，不，那样角度不对。沿着运河跑……一座小小的拱桥，房子粉色的墙，两棵白杨树，不止两棵。有很多白杨树。哦天哪，哦天哪，要是我能——"

"哦，别胡说了，塔彭丝。"

"我会想起来的。"

"老天。"汤米看了看他的手表，"我得赶紧了。都是你还有你那似曾相识的画。"

他从床上跳起来，快步走进浴室。塔彭丝向后靠在枕头上，闭上眼睛，努力捕捉刚才那难以捉摸又无法触碰的回忆。

汤米在餐厅倒第二杯咖啡的时候，塔彭丝带着胜利的表情，满脸绯红地出现在他面前。

"我想起来了，我知道我在哪儿见过那座房子了。是从火车车窗里看到的。"

"在哪儿？什么时候？"

"不知道。我得好好想想。我记得我对自己说：'将来有一天，我要去看看那座房子。'我还想看看下一站的站名，但你知道现如今的铁路，一半的站牌都被他们拆了，我们要去的下一站也拆了，站台上杂草丛生，连站牌都没有。"

"该死,我的公文包呢,艾伯特?"

一阵疯狂的寻找。

汤米走了回来,气喘吁吁地道别。塔彭丝正坐在餐桌旁盯着一只煎蛋发愣。

"再见。"汤米说,"看在上帝的分上,塔彭丝,别再打探与你无关的事了。"

"我想,"塔彭丝沉思地说,"我真正应该做的事是坐火车旅行。"

汤米看上去稍微松了口气。

"没错,"他鼓励地说,"那就去试试吧。买张月票,就可以以一个合理而固定的价格在整个不列颠群岛上旅行一千英里。塔彭丝,这样对你再合适不过了。你可以乘坐你能想到的所有火车去任何可能去的地方。在我回到家之前,就能一直开开心心的了。"

"代我向乔希问好。"

"我会的。"他担心地看着妻子,又说,"真希望你能跟我一起去。别,别做傻事,好吗?"

"当然不会了。"塔彭丝说道。

## 第六章　塔彭丝寻踪觅迹

"天哪,"塔彭丝叹了口气,"天哪。"她眼神忧郁地看了看四周。她跟自己说,她从来没这么难受过。她自然知道自己会想念汤米,但没想到会如此想念他。

在他们漫长的婚姻生活中,他们几乎从来没有分开过。结婚之前他们就自称是一对"年轻的冒险家",共同经历过无数艰难险阻,结了婚,生了两个孩子。就在一切似乎都趋于平淡,而他们也步入中年时,第二次世界大战爆发了,他们再一次神奇般地卷入了英国情报局的外围机构。一对不那么正统的情报人员,被一个毫无特征、自称是"卡特先生"的人招募,不过,看上去每个人都很听后者的话。他们此前经历过风险,但是从此他们又要患难与共了。顺便说一下,这并不在卡特先生计划之内。原本只招聘了汤米一个人,但塔彭丝展示出了她天生的聪明才智,想办法窃听了消息,当汤米以梅多斯先生的身份到达海边一家旅馆的时候,看到的第一个人是一位正在织毛衣的中年妇女,她抬起头,眼神无辜地看着他;他不得不向这位布伦金索普太太问好。从那之后,他们就作为情侣搭档一起工作了。

"但是,"塔彭丝自忖道,"这次我就没办法了。"再怎么窃听,再多的才智,都不能让她进入那座秘密庄园,或者参与国安联各种错综复杂的活动。只不过是个老男孩俱乐部,她悻悻地想道。没有汤米，家里空荡荡的，世界也变得孤零零的。"究竟，"塔彭丝心想，"我要做些什么？"

其实这个问题不需要答案，因为塔彭丝已经开始实施她计划的第一步了。这一次不是情报工作或者反间谍活动之类的问题，不是官方活动。"普鲁登斯·贝雷斯福德，私家侦探，这就是我。"塔彭丝自语道。

胡乱吃过午饭并匆匆清理之后，餐桌上摆满了火车时刻表、旅游指南、地图，还有几本塔彭丝想方设法翻找出来的老旧日记。

在过去的三年中（她确定不是更早），她搭乘火车旅行的时候，透过车窗曾经看到过一座房子。然而是在哪次坐车的时候呢？

像现在的绝大多数人一样，贝雷斯福德夫妇主要是开车去旅行。坐火车旅行的次数很少，间隔时间也很长。

当然了，跟出嫁的女儿黛博拉小住时去了苏格兰，但那是一趟夜间旅行。

彭赞斯[①]是夏天度假的地方，但塔彭丝早将那条路线烂熟于心了。

不对，应该是一趟更为随意的旅行。

本着勤奋努力和不屈不挠的精神，塔彭丝仔细写了一张单子，罗列出与她正在寻找的信息相关的旅行，看过一两次赛马，去诺森伯兰旅行过一次，威尔士有两个地方有可能，一次洗礼，两次婚礼，一次拍卖会……另外还有个朋友患了流感，她帮忙将小狗们交给了买主。见面地点是在一个贫瘠的乡村交界处，名字

---

[①]彭赞斯：英格兰康沃尔郡西南部城市，临英吉利海峡。

她不记得了。

塔彭丝叹了口气。看起来她只能接受汤米的方案了，买一张环程票，亲自乘火车将最有可能的铁路延伸线一一走过。

她把记忆中闪现的零星回忆，模糊的闪光点，都草草记在一个小笔记本上，可能会有帮助。

例如，一顶帽子，没错，她曾经把一顶帽子扔到了行李架上。她戴了帽子，因此，参加的肯定是一次婚礼或洗礼，肯定不是小狗的事了。

还有，再次灵光一闪，她把鞋子踢掉了，因为她脚疼。没错，确凿无疑，她当时正在看那座房子，而她把鞋子踢掉了，因为脚疼。

那么，肯定是她去参加某次社交活动，或者回来的时候，当然是回来的路上，她脚疼是因为她穿着最好的鞋子站了很久。那么，是哪顶帽子呢？因为这很有帮助，一顶扎满鲜花的帽子，还是一个夏日的婚礼，或者是一顶天鹅绒冬帽？

正当塔彭丝忙着匆匆记下不同线路的火车时刻表细节时，艾伯特走进来问她晚饭想要吃些什么，还有她想从肉店和食品店订购些什么东西。

"我想我这几天不会在家，"塔彭丝说，"所以不需要订什么东西了。我要坐火车出个门。"

"您想要些三明治吗？"

"也好。买些火腿之类的吧。"

"蛋和芝士呢？或者，储藏室里还有一罐酱，放了很久了，应该吃了。"他的建议有点不怀好意，不过塔彭丝说道：

"好吧。就这样吧。"

"如果有信件，要转发给您吗？"

"我还不知道我要去哪里。"塔彭丝说。

"明白了。"艾伯特说。

艾伯特让人感觉舒服的一点就是，他总是能接受一切事，无须解释。

他离开之后，塔彭丝静下心来开始自己的计划。她的目标是，一次需要帽子和宴会鞋的社交活动。不幸的是，她列出来的几条车线路不尽相同——一次婚礼乘坐的是南方铁路，另一次是在东英吉利。洗礼是在贝德福德北部。

如果她能多回忆起一些当时的情景……她那时坐在火车右边的座位。在运河之前她看到过什么？树林？树？田野？远方的村庄？

她苦苦思索，皱着眉抬起头。艾伯特又回来了。她不知道艾伯特站在那儿等了多长时间以引起她注意，而这个时间恰好与想起问题的答案相同。

"哦，又怎么了，艾伯特？"

"如果您明天一整天都在外面——"

"也许后天也不在。"

"我可以请一天假吗？"

"是的，当然了。"

"是伊丽莎白，出疹子了。米莉认为是麻疹——"

"哦，天哪。"米莉是艾伯特的妻子，伊丽莎白是他最小的孩子。"所以米莉希望你在家，理所应当。"

艾伯特住在一两条街以外的一所整洁的小房子里。

"倒也不是，她自己忙得不可开交时反而希望我不在家，她不想我搞得一团糟，但主要是其他孩子，我得把他们带去别的地方，以免妨碍她。"

"当然了。我觉得你们都要隔离。"

"哦！他们最好全都传染上疹子，然后治好。查理已经出过了，琼也是。无论如何，我可以请假吗？"

塔彭丝向他保证没事。

她潜意识的深处似乎有什么在蠢蠢欲动。一分愉快的期待，一种认同，麻疹，没错，麻疹，是跟麻疹有关的事。

但是运河边的房子为什么会跟麻疹有关系……

对！安西娅。安西娅是塔彭丝的教女，她的女儿简在学校，第一学期，是运动会，安西娅打电话过来，她两个小一点的孩子在出麻疹，没人在家帮忙，可如果没人出席，简会超级失望的，问塔彭丝能不能——

然后塔彭丝回答说当然可以，也没什么特别要做的，她只需要去学校把简接出来吃个午饭，然后返回运动会，等等。她坐的是学校专门的列车。

一切都异常清晰地重新浮现在她脑海中，甚至是她穿的衣服——有矢车菊印花图案的夏季面料！

她是在回来的途中看到那座房子的。

去的时候，她全神贯注地阅读买来的杂志，但回来的时候就没什么可看的了，所以她一直看着窗外，后来，由于一天的活动让她精疲力竭，再加上鞋子的挤压，她便睡着了。

当她醒过来的时候，火车正沿一条河道而行。这是一大片森林区，偶尔有座桥，时而是弯弯曲曲的小路或公路，还有遥远的农场，没有村庄。

不知是什么原因，也许是因为什么信号，火车开始慢了下来，颠簸着停在一座小桥旁，这座拱桥横跨在一条似乎已经废弃的运河上，运河另外一边不远的地方就是那座房子，塔彭丝立马就觉得这是她见过的最吸引人的房子之一,安静祥和,在夕阳金色光芒的映照下闪闪发光。

没看到任何人,没有狗,也没有家畜。然而,绿色的百叶窗敞开着,这座房子一定有人住,只是现在,这一刻,空无一人。

"我必须弄清楚这房子的情况。"那时,塔彭丝心想,"改天我要回到这里看看它。这是我想要居住的那种房子。"

火车猛地一动,又摇晃着缓慢前行了。

"我要留心下一站的站名,这样就知道是在什么地方了。"

但是没有站名。这一时期铁道部门开始改建,小火车站被关闭甚至被拆掉了,破败的站台上荒草蔓延。火车行驶了二三十分钟也没看到可以辨认的标志。越过田野,塔彭丝曾看到远处一座教堂的尖顶。

接着经过了一家工厂及其附属建筑,高耸的烟囱,一排活动房屋,然后又是田野。

塔彭丝暗自想道,那座房子真是如梦似幻啊!也许是个梦吧,我想我不会再去寻找它了,这太困难了。不过,真是遗憾啊。也许——

也许某一天,我又会不经意地路过它!

于是,她把它忘了个一干二净,直到挂在墙上的一幅画再次唤醒她模糊朦胧的记忆。

而现在,幸亏艾伯特无意中说出的那个词,追寻的工作结束了。

或者,正确来说,新的追寻开始了。

塔彭丝分类挑选出三份地图、一本旅行指南和一些其他相关的东西。

现在她大概知道自己查找的区域了。她在地图上的简的学校上面画了一个十字,那是铁路支线与去伦敦的铁路主线交会。

最终要寻找的区域涵盖了很大的范围,梅得切斯特以北,马克巴桑,这是个小镇,却是很重要的铁路枢纽,它在东南边,也许在沙尔巴勒以西。

明天一大早,她要开车出门。

她站起身走进卧室,仔细端详壁炉上方的画。

是的,不会弄错的。这确实是三年前她在火车上看到的那座房子,那座她断言某一天要回去看看的房子。

那一天到了,就是明天。

## 第二部　运河边的房子

# 第七章　友善的女巫

第二天早上出发之前，塔彭丝最后仔细看了看房间里的那幅画——不是为了把细节牢牢记在脑海里，而是要记住房子在周围景观中的位置。这一次，她将从公路上而不是火车窗口里看它，观察的角度会大不相同。也许会有很多拱桥，很多相似的废弃运河，也许其他房子看上去也很像（不过塔彭丝可不愿相信这一点）。

画上有署名，但是画家的签名难以辨认，只能看清是以字母B开头。

塔彭丝转过身来检查了一下她的随身物品：一本按照字母顺序排列的火车时刻表，几本挑选出来的军用地图，一份推测的地名清单——梅得切斯特、维斯特里、马克巴桑、米德尔谢姆、因彻维尔。这几个地方围成的三角地带就是她要调查的区域。她还随身携带了一个过夜用的小旅行包，因为她得开三个小时的车才能到达她要实施计划的地方。根据她的判断，之后她要缓慢地沿着乡村小路开很长时间的车，寻找可能的运河。

她在梅得切斯特停下来吃了些茶点，接着开车驶上一条与公路线相邻的二级公路，在树木成林、溪水横流的乡间穿行。

就像大多数英国乡村一样，这里路标众多，上面的名字塔彭丝从来没听过，指示的方向似乎也不是她要找的地方。英国在这一地区的公路系统似乎具有一种欺骗性，公路偏离了河道，你满怀希望地继续往前开，以为能看到运河，然而一无所获。如果你朝着大米奇尔登开去，你所到达的下一个路口的路标就会指给你两条路：一条通往彭宁顿帕罗，另一条通往法林福德。你选了法林福德，而且真的到达了这个地方。可下一个路标几乎立即会坚定不移地把你送回彭宁顿帕罗。换句话说，你又得按原路返回。实际上塔彭丝根本没找到大米奇尔登，而且好长时间她都没见到运河的影子。如果她知道自己寻找的乡村的名字，事情就容易多了。在地图上追踪运河只是徒增困惑。她时不时接近铁路，这让她兴奋极了，于是她便希望满满地冲向蜜蜂山、南温特顿和圣埃德蒙法雷尔。圣埃德蒙法雷尔曾经有个火车站，但不久前被撤销了！塔彭丝心想："要是有一条路能规规矩矩地沿着运河或者铁路线一直向前，事情就变得容易多了。"

时间在流逝，塔彭丝越来越困惑。她曾经发现一个农场，不远处就是运河，可通往农场的路又偏离了运河，翻过一座小山，来到一个叫作韦斯特彭福德的地方，那里的那座有方塔的教堂对她的目标一点用也没有。

于是她愁苦地沿着一条有很多车辙的小路前行，看上去这是离开韦斯特彭福德唯一的道路，而且，根据她的方向感（它变得越来越不可靠了），这条路跟她可能想要去的地方背道而驰。就在这时，她遇到了一个左右分岔的路口，路中间的路标残缺不全，两个指示牌也已经断掉了。

"哪一边？"塔彭丝说，"谁知道啊？反正我不知道。"

她选了左边那条路。

小路蜿蜒向前，一会儿向左，一会儿往右。最后，转过一个大的急转弯，路面开阔起来。翻过一座小山，穿过一片树林，来到一片开阔的低地。从低地开出来之后,汽车急转直下。不远处传来一声哀鸣——

"像是火车的声音。"塔彭丝忽然又充满希望。

是火车。在低于她所处位置的地方是铁轨,一列货车噗噗地喷着气,好像是在痛苦地哭泣。铁道的另一边是运河,而在运河的另一端就是塔彭丝一眼就辨认出来的那座房子,在运河上横跨着一座粉色的小小拱桥。公路穿过铁路下方,接着上行,通往小桥。塔彭丝小心翼翼地驶过窄桥,在公路的右手边就是那座房子。塔彭丝开着车寻找入口,不过似乎没有门。一堵高墙挡住了路上行人的视线。

房子就在她右手边。她停下车,走回桥上,想试试从那里能否看到什么。

大多数高高的窗户都被绿色的百叶窗遮住了。房子看上去非常宁静,空无一人,在夕阳中显得安宁祥和。没有迹象表明有人住在那里。她走回车里,往前开了一小段距离。在她右手边是一排较高的围墙,路的右边则是孤零零长在绿色田野上的矮树篱。

不一会儿,她就发现了墙上的锻铁大门。她将汽车停在路的一边,下车走到铁门处,往里看了看。她踮起脚刚好能看到里面。她看到了一个花园。现在这个地方肯定不是农庄,或许曾经是。也许在院子的后面是田地。花园是有人照料的,虽然不是特别整洁,但能看出是有人想努力让它保持整齐,效果却不明显。

一条环形小路从铁门蜿蜒曲折地穿过花园,然后绕到房子那里。这应该就是前门了,但看上去可不像。这扇门很不起眼,但非常坚固,是后门。从这一侧看过去,这座房子给人的感觉大为不同。首先,房子不是空的。有人住在这里。窗户都敞开着,窗帘随风摆动,门口放着一个垃圾桶。塔彭丝能看到一个高大的男人在挖地,他年纪不小了,动作缓慢但手脚不停歇地挖着地。毫无疑问,从这里看过去,这座房子没有任何吸引人的地方,没有画家会特别有兴趣来描绘它。这就只是一座住了人的房子罢了。塔彭丝困惑起来。她迟疑了。她是否应该就这么一走了之,忘记跟它有关的所有事?不,她不能那么做,她费尽周折才找到这座房子。现在几点了?她看看表,可是表停了。里面传来开门的声音。她又偷偷从门上看过去。

房门开了,一个女人走了出来。她放下一个牛奶瓶,然后直起身子,朝门口扫了一眼。她看到了塔彭丝,犹豫片刻,接着,似乎是下定了决心,沿着小路向门这边走过来。"老天!"塔彭丝心想,"天哪,这是个友善的女巫啊!"

这个女人五十岁上下,散乱的长发被风一吹便都飞到脑后了。这让塔彭丝隐约想起一幅画(也许是内文森画的),画上是一个骑着扫帚的年轻女巫。也许就是这个原因让她脑子里蹦出了"女巫"这个词。但这个女人既不年轻也不漂亮。她已经人到中年,脸庞瘦削,衣服穿得邋里邋遢的。她头上戴着一顶又高又尖的帽子,鼻子往下弯,下巴往上翘。这样的描述可能让她显得很邪恶,但她的样子并不邪恶。她似乎有一副欢乐热情、无穷无尽的好心肠。"没错,"塔彭丝心想,"你确实像个女巫,但你是个友善的女巫。希望你是人们常说的那种'白女巫'①。"

那个女人犹犹豫豫地走到门口,开口说话了,声音和气,带有一丝乡音。

"您在找什么吗?"她问道。

"抱歉,"塔彭丝说,"你肯定觉得我这样朝花园里看很鲁莽,

---

①白女巫:一般都代表行善女巫。

但是，但是我对这座房子很好奇。"

"你想进来，四处看看花园吗？"友善女巫问道。

"哎呀，啊，谢谢你，可我不想给你添麻烦。"

"哦，不麻烦的。我也没什么事要做。下午天气多好啊，不是吗？"

"是啊，没错。"塔彭丝说。

"我以为也许你迷路了。"友善女巫说，"有时候人们会迷路的。"

"我只是觉得，"塔彭丝说，"我从桥那边的山上下来的时候，觉得这座房子的外观特别吸引人。"

"那一边是最美的，"那个女人说道，"有时候画家来这里写生，或者说他们以前常来，曾经来过。"

"是的。"塔彭丝说，"我想他们来过。我确信，我在某次画展中见过一幅画。"她急忙补充道，"上面的房子跟这座特别像。也许就是这座。"

"哦，可能是。这真有趣。要知道，有的画家来这里画一幅画，其他画家也会跟着过来。每一年本地画展上的画都是一个样。似乎所有画家都选择同一个地点。我不知道这是为什么。你知道，不是草场、小河，就是某棵橡树，或者一片柳树，或者是同一个角度的诺曼式教堂；五六张不同人画的画全都一样。我觉得大部分画都很差劲，不过我不懂艺术。请进来吧。"

"你人真好。"塔彭丝说，"你的花园很漂亮。"她补充道。

"哦，还不算太差吧。我们种了一些花和蔬菜之类的。不过现在我的丈夫也不能做太多工作了，而我也总是忙来忙去的，没时间。"

"有一次，我在火车上见过这座房子，"塔彭丝说，"火车慢下来的时候看见的,心想不知道是否还能再见到它。是很久以前的事了。"

"而现在,你开车下山,它忽然就出现在你面前了。"那个女人说道,"有意思,事情就是这么凑巧,不是吗?"

"谢天谢地,"塔彭丝想道,"这个女人真是容易沟通啊。你根本不需要为自己编造理由,想到什么说什么就可以了。"

"想去屋里面吗?"友善女巫问道,"看得出来你很有兴趣。要知道,这是座很老的房子。我的意思是,人们都说是乔治王朝后期的,只是后来扩建过。当然,我们只住一半的房子。"

"哦,我明白了,"塔彭丝说,"它被分成两半了,是吗?"

"其实这是房子的后半部分,"那女人说,"另外一边是前半部分,就是你从桥上看到的那一面。这种分割房子的方式很有意思,我是这么想的。我觉得要是那样分房子会更容易点,你知道,就是说是左右分,不是前后分。这一边实际上都是后面了。"

"你在这里住了很久吗?"塔彭丝问。

"三年。我丈夫退休后,我们想在乡下找一个小地方,可以安静地生活。便宜的地方。这座房子很便宜,因为很偏僻,四周没有什么村子之类的。"

"我看远处有个教堂尖顶。"

"啊,那是萨顿钱塞勒教堂。离这里两英里半。当然,我们在它的教区范围之内,不过这里没什么房子,一直到村子那里才有。而且那也是个小村子。你要喝杯茶吗?"友善女巫问道,"我刚刚把水壶放在火炉上不到两分钟就看到了你在外面。"她双手拢在嘴边,大声喊道,"阿莫斯!"

远处,高大的男人转过头来。

"十分钟后茶就好了。"她大声说道。

他抬起手表示知道了。她转过身,打开门,示意塔彭丝进去。

"佩里,我的名字。"她语气友好,"爱丽丝·佩里。"

"我姓贝雷斯福德,"塔彭丝说,"贝雷斯福德太太。"

"请进,贝雷斯福德太太,随便看看吧。"

塔彭丝停顿了片刻,心想:"片刻工夫我就感觉像是《汉泽尔与格蕾太尔》童话中的女巫请你进了糖果屋。也许是座姜饼屋……应该是吧。"

接着她又看了看爱丽丝·佩里,觉得并不是童话故事里女巫的姜饼屋。这只是一个普通的女人;不,也不太普通。她有种奇怪的、不合常理的友善。"也许她会念咒语,"塔彭丝心想,"但我肯定是好的咒语。"她微微低下头,迈过门槛,走进女巫的房子。

里面相当暗。走廊很小。佩里太太带她穿过厨房,走过客厅,来到显然是他们卧室的房间。这座房子并没有什么激动人心的地方。塔彭丝心想,也许这是在主屋外面又扩建的维多利亚后期式样的建筑。整体狭长,似乎是由一条黑暗的横向走廊将几个房间串联而成。她想,这么分割房子确实非常古怪。

"请坐,我去倒茶。"佩里太太说。

"让我帮你吧。"

"哦,不用了,马上就好。都准备好了。"

厨房里传来哨声。水壶里的水已经沸腾了。佩里太太走了出去,没多久就端着茶盘回来了。茶盘上摆放着一盘烤饼、一罐果酱还有三套杯碟。

"我想你进来之后肯定失望了。"佩里太太说。

这话很敏锐,不过接近事实。

"哦不。"塔彭丝说。

"好吧,如果我是你,我就很失望。一点都不相称,是吧?我是说这座房子的前面和后面不相配,不过住得很舒服。房间不多,光线也不太充足,但是价钱就低很多。"

"是谁把房子分割开的?为什么?"

"哦,我想是很多年前了。我认为是房子以前的主人觉得它太大了,不方便。他们只想要一个可以度周末的地方吧。于是留下了好的房间,餐厅,客厅,把小书房改为厨房,楼上有两三间卧室和卫生间,然后围起来,跟原来的厨房和老式的碗碟存放室隔离开,又稍稍装修了一下。"

"谁住在另外那边?他们只是过来度个周末吗?"

"现在没人住,"佩里太太说,"再吃个烤饼吧,亲爱的。"

"谢谢。"塔彭丝说。

"至少最近两年没人过来住。我甚至不知道房子现在的主人是谁。"

"那你们刚来这里的时候呢?"

"有位年轻的女士过去常常来这里,听说是位女演员,至少我们是这么听说的。不过其实我们从来没见过她。有时候只是见到个人影。我想她经常在演出完之后,星期六深夜来这里,星期日晚上就走了。"

"一个非常神秘的女人。"塔彭丝说,语气中透着鼓励她说下去的意味。

"要知道,这就是我以前对她的看法。我常常在脑袋里编造跟她有关的故事。有时候我觉得她像葛丽泰·嘉宝。要知道,她进出的时候总是戴着墨镜,帽子拉得很低。老天,我还戴着尖顶帽。"

她摘下头上的女巫帽子，大声笑起来。

"这是为我们在萨顿钱塞勒教区活动室的演出准备的，"她说，"你知道，那种主要给孩子们看的童话故事。我扮演女巫。"她补充道。

"哦，"塔彭丝稍稍吃了一惊，接着又说，"真有趣。"

"是啊，很有意思，不是吗？"佩里太太说，"我演女巫很合适，不是吗？"她大笑着，叩击自己的下巴，"你看，我这张脸非常合适。希望人们不会产生其他想法。他们会觉得我的眼睛很邪恶。"

"我觉得他们不会这么想的，"塔彭丝说，"我相信你是个仁慈的女巫。"

"哦，真高兴你这么想，"佩里太太说，"就像我刚才说的，这位女演员，我现在记不起她的名字了，我想是马奇蒙特小姐，不过也许是其他名字，你不会相信我关于她的那些想象。真的，我想我几乎从来没见过她、没跟她说过话。有时候我觉得她只是非常害羞，比较神经质。记者们会跟在她后面，不过她从来不见他们。有时候我常常想，哦，你会说我很傻，我常想象一些跟她有关的邪恶的事情。你知道，她很怕被人认出来。也许她根本就不是演员。也许警察一直在找她。也许她犯了什么罪之类的。有时候在脑子里胡思乱想让人觉得兴奋，尤其是当你，呃，周围没什么人的时候。"

"没人跟她一起过来吗？"

"这个嘛，我不太确定。当然了，你知道，把房子分为两半的这些隔断墙，怎么说呢，它们非常薄，有时候你会听见隔壁的动静。我想她的确偶尔会带人来度周末。"她点点头，"一个男人。也许正因为这样，他们才想要一个这么安静的地方。"

"一个已婚男人。"塔彭丝说,她进入剧本的状态了。

"没错。也许是个已婚男人,不是吗?"佩里太太说。

"也许跟她一起来的是她丈夫。他在乡下选了这个地方,因为他想谋杀她,也许他把她埋在了花园里。"

"我的天哪!"佩里太太说,"你想象力真丰富,不是吗?我从来没那么想过。"

"我猜一定有人非常了解她,"塔彭丝说,"我是指房产代理商,类似他们这样的人。"

"我、我想是吧,"佩里太太说,"不过我宁愿什么都不知道,假如你明白我意思的话。"

"哦是的,"塔彭丝说,"我真的明白。"

"要知道,这座房子有种气氛。我是说这房子里有种感觉,一种可能发生过什么事的感觉。"

"她没有找人帮她打扫卫生之类的吗?"

"在这儿很难找到人。附近没什么人。"

外面的门开了。刚才在花园中挖掘的高大男人走了进来。他走到洗碗池旁边,打开水龙头,显然是要洗手。接着,他径直来到客厅。

"这是我丈夫,"佩里太太说,"阿莫斯。我们来客人了,阿莫斯。这是贝雷斯福德太太。"

"你好。"塔彭丝说。

阿莫斯·佩里是个个子很高、神情呆滞的男人。他比塔彭丝想象的更加魁梧健壮。虽然步态蹒跚、速度迟缓,但他是个健壮的男人。他说:

"很高兴见到你,贝雷斯福德太太。"

他声音温和、面带微笑,可有那么一会儿,塔彭丝怀疑他头脑是不是真的清醒，他的目光单纯中透出好奇。塔彭丝也觉得好奇，不知佩里太太当初想找个安静的地方，是不是因为她丈夫精神有些问题。

"他啊，可喜欢这个花园了。"

他进来之后，大家聊天的兴致淡了下来。主要都是佩里太太在说话，不过她的性格似乎有所改变，说起话来更紧张一些，对丈夫尤其关注。塔彭丝心想，真像是一位母亲在鼓励害羞的儿子说话，使其在客人面前展现出自己最优秀的一面，而又有点担心他或许做得不够。

喝完自己杯子里的茶，塔彭丝站起身，说道：

"我得走了。谢谢你，佩里太太。非常感谢你的款待。"

"在你走之前，看一看花园吧。"佩里先生站起身，"走，我带你去。"

她跟随他走到户外。他带她来到他刚才一直在锄地的地方。

"好看，这些花，是吧？"他说，"这里有些旧品种的玫瑰——看这株，红白相间。"

"'勇士司令官'。"塔彭丝说。

"在这里，我们叫它'约克和兰卡斯特'。"佩里说，"玫瑰战争[①]。闻起来很香甜，是吧？"

"非常好闻。"

"比他们那些新品种'杂交香水玫瑰'好。"

从某种程度上说，这个花园也很可怜。杂草并没有清除干净，不过，鲜花捆扎得很是仔细，虽然手法不够专业。

---

[①] 玫瑰战争（1455年—1485年），英王爱德华三世（于1327年—1377年在位）的两支后裔兰卡斯特家族和约克家族的支持者为了争夺英格兰王位而发生断续的内战。此名称源于两个家族所选的家徽，兰卡斯特的红玫瑰和约克的白玫瑰。

"颜色鲜艳，"佩里先生说，"我喜欢鲜艳的颜色。经常有人来参观我们的花园，"他说，"很高兴你来这里。"

"非常感谢。"塔彭丝说，"我觉得你的花园和房子都很漂亮。"

"你应该看一看它的另一边。"

"是要出租还是出售？你妻子说现在那里没人住。"

"我们不知道。我们没看到任何人，没人贴出告示，也没人过去看房子。"

"我觉得，住在里面肯定很不错。"

"你想找个房子吗？"

"是啊，"塔彭丝说，迅速打定主意，"是的，实际上，我们想在乡下找个小房子，等我丈夫退休后住进去。大概明年，不过我们想慢慢找。"

"如果你喜欢安静的话，这里很合适的。"

"我想，"塔彭丝说，"我可以问问当地的房产代理商。你们也是通过他们吗？"

"一开始我们是在报纸上看到了一则广告，然后就去找房产代理商了，是的。"

"在哪里，萨顿钱塞勒吗？你们属于那个村子，是吗？"

"萨顿钱塞勒？不，代理商的公司在马克巴桑。拉塞尔及汤普森，就是这个名字。你可以去找他们问问。"

"好，"塔彭丝说，"我会去的。马克巴桑离这里有多远？"

"这里离萨顿钱塞勒两英里，从那儿到马克巴桑七英里。萨顿钱塞勒有一条正规的公路，这附近都是些小路。"

"明白了，"塔彭丝说，"好啦，再见了，佩里先生，很感谢你带我参观你的花园。"

"稍等一下。"他停住脚步,剪下一朵大芍药花,抓住塔彭丝外套的翻领,把花插进扣眼里。"好啦,"他说,"可以啦。好看,真的。"

一时间,塔彭丝感到一阵突如其来的恐慌。这个身形庞大、神情呆滞、好脾气的男人忽然吓到她了。他低头看着她,微笑着。笑得有些野蛮,近乎挑逗。"你戴上好看,"他又说,"好看。"

塔彭丝心想:"幸好我不是年轻姑娘了……就算是,我认为我也不喜欢他给我戴朵花。"她再次说了再见,然后匆匆离开了。

房门开着,塔彭丝走进去跟佩里太太告别。佩里太太正在厨房里洗茶具,塔彭丝几乎是下意识地从架子上拿了一块茶巾擦了起来。

"太感谢了,"她说,"谢谢你和你先生。你们人真好,热情好客——什么声音?"

从厨房墙上,或者说墙后面原先放置老式炉灶的地方,传来大声的尖叫声和嘎嘎的叫声,还有抓挠的噪声。

"是只寒鸦,"佩里太太说,"掉进了那半边房子的烟囱里。每年这时候都会发生这种事。上个星期有一只掉进我们的烟囱里了。你知道,它们在烟囱里搭窝。"

"什么——那半边房子?"

"是啊,这次又掉进来了。"

鸟儿痛苦的抓挠声和哀鸣再次传进她们耳朵里。佩里太太说:"空屋子里没人觉得吵的,你知道。不过烟囱真的该清理一下了。"

嘎嘎的抓挠声持续不断。

"可怜的鸟。"塔彭丝说。

"我懂。它再也不能飞出去了。"

"你是说它会死在那里？"

"哦，是啊。我说过有只鸟飞进我们烟囱里了。实际上是两只。一只是幼鸟。它没事，我们把它弄出来以后，它就飞走了。另一只死了。"

疯狂的挣扎和尖叫声仍在继续。

"哦，"塔彭丝说，"真希望我们能救它出来。"

佩里先生走进门。"出什么事了？"他说着，打量着两个人。

"是只鸟，阿莫斯。肯定是在隔壁客厅的烟囱里？听到没？"

"嗯，是从寒鸦窝里掉下来的。"

"真希望我们能进去啊。"佩里太太说。

"啊，没办法。先不说别的，它可能先被吓死。"

"然后就能闻到味儿了。"佩里太太说。

"在这里什么都闻不到。你心软，"他继续说道，挨个看看她们俩，"女人都一样。你要是愿意，我们就去看看。"

"怎么了，某扇窗打开了？"

"我们可以从门口进去。"

"什么门？"

"外面院子里的门。钥匙就挂在上面。"

他走了出去，径直走到头，打开一扇小门。其实那是个盆栽棚①，不过棚里有道门通向那一边的房子。棚门边的一个钉子上挂着六七把生锈的钥匙。

"就是这把。"佩里先生说。

他取下钥匙，插进门锁里。好一阵左右转动和费劲按压之

---

① 盆栽棚：指娇嫩植物在移种户外前先在棚中用盆栽种。

后，钥匙艰涩地在锁里转动了。

"我之前进去过一次,"他说,"听到过水流声。有人忘记关掉水龙头了。"

他走了进去,两个女人跟在他身后。门通向一个小小的房间,里面的架子上摆放着好几种花瓶,还有一个带有水龙头的水槽。

"这是花房,我觉得这并不奇怪。"他说,"以前人们常在这里摆弄花。看到了吗?留下了很多花瓶。"

花房有一扇门通往外面,门没锁。他打开门,三人都走了出去。这就像,塔彭丝心想,穿越到另外一个世界里。外面的走道上铺着绒毛地毯,相隔不远的地方,有一道门半开着,陷入困境的小鸟的声音从里面传出来。佩里推开门,他的妻子和塔彭丝也走了进去。

百叶窗是关着的,不过其中一端松松垮垮地垂着,光线透了进来。虽然房间昏暗,但仍然可以看到地板上有一块尽管褪色却美丽依旧的灰绿色地毯。靠墙的位置有个书架,但没有椅子也没有桌子。家具无疑都搬走了,留下来的窗帘和地毯是作为配件留给下一个房客的。

佩里太太朝壁炉走过去。一只小鸟躺在炉栅栏里,发出嘎嘎的悲鸣声。她弯下腰,捡起小鸟,说道:

"你能打开窗吗,阿莫斯?"

阿莫斯走过去,拉开百叶窗,松开另外一端,拨开窗闩。下面的窗框被他抬了起来,发出刺耳的声音。窗户一打开,佩里太太就探出身去,把寒鸦放了出去。它噗的一声落在草坪上,单脚跳行了几步。

"杀了它更好,"佩里说,"它受伤了。"

"随它去吧,"他妻子说,"你可不知道,它们恢复得很快,鸟就是这样。它们是因为害怕才腿脚不灵活的。"

确实如此。过了没多久,那只寒鸦最后挣扎一下,嘶哑地叫了一声,拍拍翅膀飞走了。

"我只是希望,"爱丽丝·佩里说,"它别再掉进那个烟囱里了。这些鸟啊,总喜欢反着来,不知道什么对它好。掉进房间的话,自己绝对没办法逃出来。哦,"她补充道,"一团乱。"

她、塔彭丝和佩里先生全都盯着炉栅栏。烟囱里掉下大量的烟灰、碎石和破砖头。显然是年久失修了。

"应该有人来这里住一住。"佩里太太说着,看看四周。

"是应该有人照看一下,"塔彭丝同意她的说法,"应该有个建筑师过来看一下,修整一下,不然整座房子很快就会塌的。"

"可能底层房间的房顶漏水了。没错,看那边的天花板,已经渗透到那里了。"

"哦,真遗憾,"塔彭丝说,"毁坏这么一座美丽的房子……这个房间可真美啊,不是吗?"

她和佩里太太欣赏地环顾四周。这座建于一七九〇年的房子到处都体现着那个年代建筑物的优雅特点。已经变色的墙纸上画有杨柳叶子的图案。

"现在是座废墟了。"佩里先生说。

塔彭丝戳了戳炉栅里的残渣。

"应该有人来打扫一下。"佩里太太说。

"你又想着为不属于你的房子伤脑筋了?"她丈夫说,"别管它了,女人。明天早上还不是照样乱七八糟的。"

塔彭丝用一只脚踢开碎砖头。

"哎呀。"她厌恶地说。

壁炉里躺着两只鸟的尸体,看上去已经死了有段时间了。

"那是几个星期前掉下来的鸟窝。真奇怪,居然不像平时那么臭。"佩里先生说。

"这是什么?"塔彭丝问。

她用脚尖踢了踢半掩在碎石中间的一个东西,然后弯腰捡了起来。

"别碰死鸟。"佩里太太说。

"不是鸟,"塔彭丝说,"是从烟囱里掉下来的其他什么东西。哦我从没——"她盯着那个东西,"是个布娃娃,小孩子的布娃娃。"

他们低头看向它。破破烂烂的布娃娃,衣服被撕成了碎片,脑袋垂在双肩中间,原本是个孩子玩具。它的一只玻璃眼珠已经掉了出来。塔彭丝拿着它,呆立着。

"奇怪,"她说,"我很奇怪,小孩子的布娃娃怎么掉进烟囱里了。匪夷所思。"

## 第八章 萨顿钱塞勒

离开运河边的房子之后,塔彭丝沿着狭窄蜿蜒的公路缓慢驱车前进,她确认这条路通往萨顿钱塞勒村。这是一条偏僻的道路,一路看不到任何房屋,只有耕地周围的栅栏门后面的泥泞小路通往里面。路上没什么行人,只有一台拖拉机从旁边经过,还有一辆卡车骄傲地发出轰隆声,宣告它装载着"母亲的喜悦"这种货物,样子就像一条巨大到不自然的面包。她在远处望见的教堂尖顶似乎彻底不见了;但最终当她在公路上一个急转弯、绕过林带之后,便发现教堂尖顶又重新出现了,而且近在眼前。她扫了眼仪表盘,从运河边的房子到这里大约开了两英里。

这是一座造型美观的老教堂,庭院宽敞,门口孤零零地立着一棵紫杉。

塔彭丝把车停在教堂墓园的门口,走进去站了一会儿,观察着教堂和庭院。然后,她来到教堂诺曼式的圆形拱门前面,抬了抬沉重的门把手。门没锁,她走了进去。

里面没什么吸引人的地方。这座教堂年代久远,这点毋庸置疑,但是在维多利亚时期,它曾经被热心地粉刷重装过。柏油松木长椅和华而不实的红蓝玻璃窗将它曾经拥有的古典美破坏殆尽。一个身穿花呢套装的中年女人正在把花插进讲道坛周围的铜花瓶里面,圣坛的周围她已经布置好了。她敏锐而探寻地将塔彭丝打量一番。塔彭丝沿着信徒座位中间的过道漫步，浏览墙上的追思牌。早期的追思牌基本上全都是为一个叫沃伦德的家族设立的。他们全都在萨顿钱塞勒的修道院。沃伦德上尉，沃伦德少校，萨拉·伊丽莎白·沃伦德（是乔治·沃伦德的爱妻）。有块新一点的追思牌记着去世的茱莉亚·斯塔克（另一位被深爱的妻子），她的丈夫是菲利普·斯塔克，也住在萨顿钱塞勒的修道院——由此看出沃伦德家族已经消失绝迹了。没有一个追思牌有启发性或者让人产生兴趣。塔彭丝走出教堂，绕着它走了一圈。塔彭丝心想，外面比里面更吸引人。"早期垂直哥特式建筑。"她自言自语。她从小就对教堂建筑甚为熟悉，不过她不太喜欢早期的垂直建筑。

这是个中等大小的教堂，塔彭丝心想，相较于现在，萨顿钱塞勒过去肯定是个更为重要的乡村生活中心。她没开车，步行到了村子。村子里有一家小铺子、一个邮局，还有十来间小屋子和农舍。其中一两座有草屋顶，其他的则十分简单，并不引人注意。在村庄街道的尽头有六座公屋，看上去好像有些难为情似地伫立在那里。其中一扇门的黄铜板上写着"阿瑟·托马斯，清扫烟囱"。

塔彭丝不知道是否可以雇用房屋代理商打扫运河旁边那座房子，显然它非常需要清理了。她真是蠢极了，她心想，都没有问一下房子的名字。

她慢慢走回停在教堂那里的汽车，停下脚步，更为仔细地观察教堂的庭院。她喜欢教堂墓地。里面的新坟很少，大部分是维多利亚时代或者更早些时候的，很多墓碑都被青苔和时间侵蚀得模糊不清了。古老的墓碑吸引了塔彭丝。其中几个直立的墓碑顶上雕刻着小天使像，周围刻着一圈花环。她四处徘徊着，看着碑文。还是沃伦德家族。玛丽·沃伦德，四十七岁；爱丽丝·沃伦德，三十三岁；约翰·沃伦德上校，死于阿富汗。许多沃伦德家族夭折的婴孩的墓碑上刻有虔诚愿望的长诗，让人深感遗憾。她不知道是否还有沃伦德家族的人住在这里。很明显，沃伦德家族的人已经不再葬在这里了。她没找到一八四三年以后的墓碑。她绕过高大的紫杉树，看到一位上了年纪的牧师正弯着腰察看教堂后面一座墙上的一排旧墓碑。他直起身，转向走到跟前的塔彭丝。

"下午好。"他和蔼地说。

"下午好。"塔彭丝说，又补充道，"我一直在参观教堂。"

"在维多利亚时期被毁掉了。"牧师说。

他声音亲切，笑容慈祥。看上去七十岁左右，然而塔彭丝猜他实际上远没有这么老，不过很明显他患有风湿病，双腿颤颤巍巍的。

"维多利亚时期是用金钱堆砌的，"他悲伤地说，"铁匠也太多了。他们很虔诚，但不幸的是，对艺术没有感知力，没有品位。你看到东边的窗子没？"他哆嗦了一下。

"看到了，"塔彭丝说，"糟透了。"

"完全同意。我是这里的牧师。"他多此一举地补充道。

"我想你肯定是，"塔彭丝礼貌地说，"你在这里很久了吗？"她又问。

"十年了，亲爱的，"他说，"这个教区很不错的。这里的人也很好。我在这里很愉快。不过他们不太喜欢我布道，"他惋惜地补充说，"我尽了最大努力，但我装不出很现代的样子。请坐。"他指了指附近一块墓碑，颇为好客地发出邀请。

塔彭丝表示感谢，然后坐了下来，牧师坐在旁边一块墓碑上。

"我无法站太久,"他抱歉地说,接着又问,"我能帮上什么忙吗?或者你只是路过这里?"

"哦,其实我只是路过,"塔彭丝回答道,"我只是想看看教堂。我开车在小路上绕来绕去的,迷路了。"

"是啊是啊,在这周围一带要想认路很不容易的。很多路标都断裂了,你知道,相关部门也不去修理。"他又说,"我不知道它们这么重要。在这些小路上开车的人往往没有什么特殊的目的地,如果有的话,就会沿着主路走了。那些路太可怕了,至少我是这么想的。噪声啊,车速啊,还有危险驾驶。算了,别理我。我是个暴躁的老家伙。你绝对猜不到我在这里做什么。"他不停地说着。

"我刚才看到你在察看墓碑,"塔彭丝说,"是不是有人故意破坏?是不是被年轻人砸了?"

"不。现在的年轻人确实会那么想,因为很多电话亭都被毁掉了。这些年轻的破坏者就会毁东西。可怜的孩子们,他们不分好坏,想不出比砸碎东西更有趣的事。很悲哀,不是吗?太令人难过了。不过,"他说,"在这儿没发生过这种事。总得来说,这附近的男孩子们懂事多了。我只是在寻找一个孩子的墓。"

坐在墓碑上的塔彭丝内心翻腾了一下。"一个孩子的墓?"她问。

"是啊。有人给我写了信。一位姓沃特斯的少校,问我这里有没有可能埋葬过一个孩子。当然了,我查看过教区的登记簿,可是没有任何该名字的记录。尽管如此,我还是来到这里看看墓碑。你知道,我想也许登记的人把名字写错了,或者搞错了什么。"

"小孩的教名是什么?"塔彭丝问。

"他不知道。也许随母亲的名字,叫茱莉亚。"

"孩子多大了?"

"这个他也不确定,整件事表述得极为含糊。我个人认为他把村子的名字也弄错了。我从来不记得有个叫沃特斯的人在这儿住过,也没听人说过。"

"是沃伦德家族的吗?"塔彭丝问,她回想起教堂里的那些名字,"教堂里似乎满满的都是他们的追思牌,而外面很多墓碑上也是他们的名字。"

"啊,那个家族现在已经没有后代了。他们原本有一笔极为丰厚的财产,是一座十四世纪的老修道院,后来被大火烧成了平地,将近一百年了,所以我想沃伦德家族的人都搬走了,再没回来过。在原来的地方又盖了一座新房子,是维多利亚时期的富翁斯塔克盖的。房子的样式虽然很丑,但是据说住得舒服。浴室啊之类的非常舒适,你知道。我想这种设施真的很重要吧。"

"这件事看上去很古怪,"塔彭丝说,"有人写信向你询问一个小孩子的坟墓。什么人呢?亲戚?"

"那孩子的父亲,"牧师说,"我猜,战争的悲剧之一。丈夫在外服兵役的时候,婚姻破裂了,年轻的妻子跟别的男人跑了。他们有个孩子,他从来没见过。我想,如果她还活着,现在已经长大成人了。肯定是二十多年前的事了。"

"现在才来找她,时间也太久了吧?"

"很明显他是最近才听说有过一个孩子的。他听到消息纯属偶然。整件事都很稀奇。"

"是什么让他想到孩子葬在这里的?"

"我想是在战时遇到他妻子的某个人告诉了他,他妻子说过她住在萨顿钱塞勒。你遇见一个多年未见的朋友或熟人，他们会告诉你一些你之前不知道的事。不过现在她肯定不住在这里了。住这里的人没有叫这个名字的，我来了之后就没有过。就我所知，附近地区也没有。当然，孩子的母亲也许改了名字，不过，我觉得孩子的父亲雇用了律师或私家侦探之类的人，也许他们最终能调查清楚，只是需要时间——"

"那可怜的孩子是你的吗？"

"你说什么，亲爱的？"

"没什么，"塔彭丝说，"不久前的一天，有人对我说过的话。'那可怜的孩子是你的吗？'乍听之下很令人吃惊。不过我真的认为说这话的老妇人不知道自己在说什么。"

"我知道。我知道。我也经常这样，说一些连自己都感到莫名其妙的话。真是伤脑筋啊。"

"我想，您对住在这里的人都非常了解吧？"塔彭丝说。

"咳，其实也没多少可以了解的。是的，我算是很了解。怎么了？你想打听这里的什么人吗？"

"不知道有没有一位兰卡斯特太太曾住在这儿？"

"兰卡斯特？我不记得有这么个人。"

"在那边有座房子，我今天开车随便逛逛的时候，没什么特别的目的，只是沿着路——"

"我明白。附近小路的景色非常优美。你还可以看到一些非常罕见的品种。我指的是植物品种。就在这儿的树篱里面。没有人采摘树篱里的花，连游客都没有。没错，有时候我会发现一些非常稀有的品种，比如灰鹳玫瑰。"

"运河旁边有座房子，"塔彭丝说，她可不愿被植物问题打断，"在一座小拱桥附近，离这里大概两英里。我不知道那座房子的名字。"

"让我想想。运河,拱桥。哦……有好几座这样的房子。是梅里考特农场。"

"那不是个农场。"

"啊,对了,我想是佩里家的房子,阿莫斯和爱丽丝·佩里。"

"正是。"塔彭丝说,"是佩里夫妇。"

"她是个很特别的女人,是吧?我一直觉得很有意思。非常有趣。她有一张中世纪的脸,你不觉得吗?她要在我们即将上演的一出戏里扮演女巫。你知道,就是学校的孩子们演的那种。她长得就很像女巫,不是吗?"

"是啊,"塔彭丝说,"一个友善的女巫。"

"正如你所说,亲爱的,对极了。没错,一个友善的女巫。"

"但是他——"

"是啊,可怜的家伙,"牧师说,"心智不太健全,但不会伤害别人。"

"他们非常客气,请我喝了杯茶,"塔彭丝说,"不过我想知道那座房子的名字。我忘记问他们了。他们只住半边房子,不是吗?"

"是的,是的。他们住在原来是厨房的那部分。人们叫它'水畔',我想,不过我认为它以前叫'水草畔',我觉得这个名字更合适。"

"另外一半房子是谁的呢?"

"整座房子最开始是布兰德利家的。是很多年前的事了。没错,我想应该至少三四十年了。后来被卖掉了,之后再次出售,后来就一直空置了好久。我刚来的时候,那房子只是用来度假的。我想是女演员马格雷夫小姐。她来这里的次数并不多，只是偶尔才过来。我并不认识她。她从不来教堂。有时候我能远远地看到她。她很美，非常美。"

"那么现在它属于谁呢？"

"我不知道。可能还是她的房子。佩里夫妇居住的那部分只是租的。"

"我一看到那座房子，你知道，"塔彭丝说，"就认了出来，因为我有一幅画着那房子的画。"

"哦是吗？肯定是博斯科姆或博斯克博尔的一幅画，我记不清了。类似的名字吧。他是康沃尔郡人，我相信是个非常有名气的画家。现在他可能已经去世了。是的，他过去总来这里，常来附近这片区域画素描，也画过一些油画，其中有些是很迷人的风景画。"

"我说的这幅画，"塔彭丝说，"是别人送给我一位老姨妈的，她大约一个月前去世了。送她画的人是兰卡斯特太太，所以我才问您是否知道这个人。"

但是牧师再次摇头。

"兰卡斯特？兰卡斯特。不，我不记得这个名字。啊！你应该去问问这个人。我们亲爱的布莱小姐。布莱小姐非常古道热肠，对教区的事一清二楚，负责管理一切事务，妇女协会、男童子军、女童子军——所有事。你问问她吧。她非常活跃，的确很活跃。"

牧师叹了口气。布莱小姐的活跃似乎令他担忧。"内莉·布莱，村子里的人这么称呼她。有时候男孩子们跟在她身后唱：'内莉·布莱，内莉·布莱。'这不是她的本名。她的本名应该是格特鲁德或者杰拉尔丁。"

布莱小姐,塔彭丝在教堂见到的那个穿花呢套装的女人,正快步朝他们走过来,手里仍然握着一把小喷水壶。她一边走一边极为好奇地打量着塔彭丝,快要走到他们跟前时,她加快了脚步,开口说道:

"我完成工作了,"她高兴地宣布,"今天有点忙乱。哦是啊,有点匆忙。当然,你知道,牧师,早上我一般都在忙教堂的事,但是今天我参加了教区一个紧急会议,你真的无法想象花了多少时间!你知道,争论个没完。有时候我真觉得人们只是为了好玩才去反对某件事。帕廷顿太太尤其气人,凡事都要充分讨论,怀疑我们是否向不同的公司索要了足够多的报价。我是说,整件事一共也没花费多少钱,这里那里省下几个先令也没什么区别。而且博肯海德公司一直都是最可靠的。我真觉得,牧师,你不应该坐在墓碑上面。"

"对逝者不尊敬,是吗?"牧师猜测道。

"哦,不不,我完全没这个意思,牧师。我指的是石头,你知道,湿气会渗透出来,您的风湿病——"她的目光怀疑地转向塔彭丝。

"我来介绍,这是布莱小姐,"牧师说,"这是,这是——"他迟疑了。

"贝雷斯福德太太。"塔彭丝说。

"啊是的,"布莱小姐说,"我在教堂见过你,是吧,刚才你在到处看。我应该过去跟你说几句话,为你介绍一些有趣的东西,不过我在忙我的工作。"

"我应该过去帮忙的,"塔彭丝用最甜美的声音说道,"不过肯定没什么用,不是吗,因为我能看出你非常清楚每朵花应该放在什么位置。"

"哎呀，你这么说真是令人愉快，不过确实如此。我为教堂插花，哦，我都不知道有多少年了。过节的时候，我们会让学校的孩子们自己插几瓶野花，当然，他们都不知道该怎么做，可怜的小家伙们。我想过稍微指导他们一下，不过皮克太太不让做任何指导。她很特别。她说这会破坏他们的创造性。你要住在这里吗？"她问塔彭丝。

"我要去马克巴桑，"塔彭丝说，"也许你可以给我介绍一家那里比较安静的旅馆？"

"哦，我觉得你会感到有些失望的。那就是个小镇，你知道，根本没有为汽车服务的设施。蓝龙是家二星级的旅馆，但我真觉得有时候这些星星一点意义都没有。我觉得兰姆旅馆更好，更安静些。你要在那里住很久吗？"

"哦不，"塔彭丝说，"只是一两天，我想在附近看看。"

"恐怕没什么可看的。没什么有趣的古迹之类的。我们这里是个纯粹的农村。"牧师说，"不过安静，你知道，非常安静。就像我跟你说过的，有些有趣的野花。"

"啊，是的，"塔彭丝说，"我听您说过，我很想趁着找房子的空当，收集一些样品。"

"哦老天，真有趣啊，"布莱小姐说，"你想在这儿附近定居吗？"

"这个嘛，我和我先生还没明确决定要住在哪个地方，"塔彭丝说，"我们也不急。他还有一年半才退休。不过我觉得到处看看也没关系。就我个人而言，我更愿意在某个地方待上四五天，找几个可能的小型房产的名单，然后开车过去看一下。我发现，花一天时间从伦敦去看某座房子太累了。"

"哦，没错，你是开车过来的，是吗？"

"是啊,"塔彭丝说,"明天早上我要去找马克巴桑的房产代理商。我想,这个村子里没有可以住的地方吧?"

"当然有,科普雷太太那里可以,"布莱小姐说,"她在夏天接纳房客,你知道,夏天的游客。她的房间漂亮且干净,所有房间都是。当然,她只提供床位和早餐,也许晚上会有简单的晚饭。但我认为她起码得到七八月才会接收客人。"

"也许我可以过去问问她。"塔彭丝说。

"她是个非常值得尊敬的女人。"牧师说道,"总是唠唠叨叨的,"他又说,"说个不停,一分钟都不停。"

"这种小村庄总是有很多闲言碎语到处流传,"布莱小姐说,"我认为如果我帮贝雷斯福德太太的忙应该是个非常不错的主意。我可以带她去科普雷太太那里碰碰运气。"

"那样的话可真是太好了。"塔彭丝说。

"那我们就走吧。"布莱小姐轻快地说,"再见,牧师。你还在寻找吗?真是悲伤的任务啊,而且不太可能成功。我真觉得这是个最为无理的要求。"

塔彭丝跟牧师道别,并说如果可以的话,她非常愿意帮忙。

"花一两个小时察看各种墓碑对我来说不费力气。就我的年纪来说,我的视力算很好的了。你要找的名字是叫沃特斯吗?"

"不完全是。"牧师说,"问题在于年龄,我觉得。应该是一个七岁左右的孩子,一个女孩。沃特斯少校认为他的妻子也许改了名字,也许大家知道的是那孩子改过之后的名字。因为他不知道他妻子改后的名字,所以就很不好找了。"

"据我看,这整件事是不可能的。"布莱小姐说,"你根本就不应该答应这件事,牧师。让别人做这种事太荒谬了。"

"那个可怜的人好像很沮丧,"牧师说,"总之,据我所知,这是个悲伤的故事。但我不应该再耽搁你们了。"

塔彭丝一路由布莱小姐带领。她心想，不管科普雷太太多么能说会道，也比不上布莱小姐的口才——一连串的语句急促而武断地从她嘴中倾泻而出。

科普雷太太的农家小屋坐落在远离村庄的街道上，看上去舒适又宽敞，门前有座整洁的花园，刷成白色的门阶，还有锃亮的门把手。在塔彭丝看来，科普雷太太简直就是从狄更斯书中走出来的人物。她个头矮小，圆滚滚的，所以她朝你走过来的时候就像一只橡胶球。她一双明亮的眼睛眨啊眨的，金黄色的头发像香肠一样盘在头上，一副极具活力的样子。她先是有些怀疑地说："这个嘛，我一般不这么做的，你知道。不会的。我丈夫和我认为'夏天的游客，那就不同了'。现如今，只要做得到，他们就会去做。我相信他们必须如此。可是这个季节我们不接待客人，七月才开门迎客呢。不过如果只是住几天，而且这位夫人不介意这里略显简陋的话，也许——"

塔彭丝说她不介意，而科普雷太太仔细观察她的同时，仍滔滔不绝地说着话，说这位夫人也许想上楼看看房间，然后再做决定。

这时，布莱小姐不得不遗憾地说自己要走了，因为她仍然没能设法从塔彭丝那里得到所有她想要的消息，比如她从哪里来、她丈夫是做什么的、她多大年纪、有没有孩子等她感兴趣的事。但是看上去她家里有个会议需要她主持，她生怕那令人垂涎的职位被人抢走。

"你跟科普雷太太在一起就没什么问题了，"她向塔彭丝保证，"我相信她会照顾你的。那你的汽车怎么办呢？"

"哦，我这就把它开过来。"塔彭丝说，"科普雷太太会告诉我停在哪里。我完全可以把它停在外面，因为街道确实不窄，是吧？"

"哦，我丈夫可以帮你停在一个更好的位置，"科普雷太太说，"他会帮你停在田间，就拐过这条后巷，在那里不会有问题的。他可以把车停在棚里。"

在此基础上，事情就这么愉快地解决了。布莱小姐匆匆去赴会了。接下来就是晚饭的问题了。塔彭丝问村子里有没有酒馆。

"哦，我们没有女士能光顾的馆子，"科普雷太太说，"不过如果你愿意吃两个鸡蛋、一片火腿，再加上一点面包和自家酿制的果酱的话——"

塔彭丝说那样就再好不过了。她的房间较小，不过印有玫瑰花蕾的墙纸、看上去很舒服的床以及干净整洁的环境，让房间变得令人愉快而舒心。

"没错，壁纸很漂亮，小姐，"科普雷太太说，她似乎认定塔彭丝就是单身，"我们这么选，是为了那些来这里度蜜月的新婚夫妇。很浪漫，如果你明白我的意思的话。"

塔彭丝同意浪漫是件令人向往的事情。

"现如今的新人没什么钱，不像从前。你瞧，大多数人都为了房子存钱，或者已经交了首付。或者分期付款买些家具，这就没多少钱度豪华蜜月什么的了。大多数年轻人，你知道，都很谨慎，不会乱花钱。"

她再次咯噔咯噔地走下楼，边走边轻快地说着话。奔波劳累了一天之后，塔彭丝躺在床上睡了半个小时。不过她仍然对科普雷太太抱有很大希望，并且觉得一旦彻底休息好之后，她就能把谈话转移到最有效的话题上。她确信自己能够听到桥边那座房子的所有消息：谁在那里住过，附近人的名声好坏，有什么传闻及其他类似问题。当她被介绍给沉默寡言的科普雷先生之后,她更加确信这一点了。他说话的内容绝大部分由和气的咕哝声构成,通常是表示赞成。有时也表示异议,但语调更为低缓。

塔彭丝能看出来,只要让他妻子说话他就感到很满足。他自己多少有点分心,有时候会忙着计划第二天好像是集市日的事。

对塔彭丝来说,没有比这再好的结果了,都可以用一句广告语来形容了——你想要的信息,我们都有。科普雷太太就像一台收音机或电视机,你只需打开开关,话语就会倾泻而出,伴随着各种手势和丰富的面部表情。不仅她这个人像橡皮球,她的脸可能也是由橡胶制作而成。在夸张的模仿中,她谈论的各种人物几近活生生地展现在塔彭丝面前。

塔彭丝吃了培根、鸡蛋和几块抹了黄油的厚面包片,对黑莓果冻表示了称赞,如实宣称这是她最爱的自制食品,竭尽全力吸收大量信息,这样,稍后她回到房间就能在笔记本上写下来。这个乡村地区以往历史的全景图就可以在她眼前铺展开来。

时间顺序的错乱偶尔会让事情变得困难起来。科普雷太太从十五年前跳跃至两年前,又飞跃到上个月,然后闪回到二十年代。所有这些都需要仔细整理,而塔彭丝不知道最后自己能否得出什么结论。

她按下的第一个按钮没有发生作用。她提到了兰卡斯特太太。

"我认为她是这附近的人,"塔彭丝故意用一种极为含混不清的语气说道,"她有过一幅画,一幅很美的画,我想那位画家在这一带挺有名气的。"

"你说的是谁?"

"兰卡斯特太太。"

"不，这附近一带我记得没有姓兰卡斯特的。兰卡斯特，兰卡斯特。我记得，有位先生出过车祸。不，我想到的是汽车，兰卡斯特牌汽车。没有兰卡斯特太太。是博尔顿小姐，是吗？我觉得她现在应该有七十岁了。她可能嫁给了一位兰卡斯特先生。她离开此地，去了国外。我确实听说她嫁给了某个人。"

"她送给我姨妈的那幅画，是一位博斯克博尔先生画的——我想是这个名字。"塔彭丝说，"果冻真不错啊。"

"我并没有像大多数人那样在里面放苹果。他们说放入苹果可以使果冻凝固得更好，不过这样会去除所有的味道。"

"没错，"塔彭丝说，"我赞成。确实如此。"

"你刚刚说的是谁？'博'字开头的，不过我没听清。"

"博斯克博尔，我想是。"

"哦，博斯克温先生，我记得很清楚。让我想一想。那一定得是——至少十五年前他来过这里。他来这里跑步，跑了好几年。他喜欢这个地方，实际上还租了一间村屋。是农场主哈特为他的雇农留的一间房子。但是他们又建了一间新的，地方议会建的，专门给雇农住的四间新农舍。

"博先生是个职业画家，"科普雷太太继续说道，"经常穿一件滑稽的外套，天鹅绒或灯芯绒之类的。肘部常常有洞。他穿着绿色和黄色的衬衣，真是这样的。哦，他穿得很鲜艳。我喜欢他的画，真的。他每年都会办一次展览。我想大概在圣诞节前后。不，当然不是了，一定是在夏天。他冬天不在这里的。没错，画得很美，不过没什么令人兴奋的东西，如果你懂我的意思的话。就是一座房子和几棵树，或者在树篱后面东张西望的两头牛。不过画面很美，很安静，颜色也漂亮。不像现在有些年轻人的画。"

"有很多画家来这里吗?"

"不太多。哦不,别说这个了。夏天,有一两位女士来这里画素描,但我觉得她们没什么了不起的。一年前,有个年轻人来这里,说自己是个画家。胡子也不好好刮一下。他的画我都不喜欢。奇奇怪怪的颜色全都杂乱无章地搅和在一起,什么都看不出来,居然卖出去不少,而且我跟你讲,价钱都不便宜。"

"应该有五英镑。"科普雷先生第一次参与谈话就这么突然,让塔彭丝吓了一跳。

"我丈夫认为,"科普雷太太又充当起了他的翻译官,"他认为任何画都不应该超过五英镑。油画不值这么多钱。这就是他的意思,是吧,乔治?"

"啊。"乔治说道。

"博斯克温先生画过一幅桥边运河旁的小房子的画——水畔或是水草畔,是这么叫的吗?我今天路过那边了。"

"哦,你是沿着那条路过来的,是吗?都算不上一条路,是吧?非常窄。我总觉得那座房子太偏僻了。我不喜欢住在那座房子里。太孤单了。你同意吗,乔治?"

乔治发出一点噪声,微微表示反对,也许还有那么一点对女人的胆小的蔑视。

"爱丽丝·佩里住在那里。没错。"科普雷太太说。

塔彭丝放弃了对博斯克温的研究,开始附和科普雷夫妇对佩里夫妇的看法。她察觉到,虽然科普雷太太喜欢从一个话题跳跃到另一个话题上,但跟随她的思路总归不会出错。

"他们就是一对古怪的夫妻。"科普雷太太说。

乔治发出一点动静,表示赞同。

"他们不跟其他人来往。真的。用你们的话说就是,不善交际。她连走路都不像人类。爱丽丝·佩里就是这样的。"

"疯了。"科普雷先生说。

"我不知道是否该那么说。她看上去疯疯癫癫的,那些披散着的头发。她大部分时间都穿着男人的衣服和大橡胶靴,说的话也奇奇怪怪的。有时候你问她问题,她也答非所问。但我不认为她疯了,她只是比较怪异。"

"大家喜欢她吗?"

"几乎没人认识她,尽管他们已经在那里住了几年了。关于她有各种各样的传闻,不过呢,哪里都会有传闻的。"

"什么样的传闻呢?"

科普雷太太从不讨厌直接提问。她欢迎提问,甚至急于给出答案。

"人们说,她晚上会招魂。围桌而坐。有传闻说晚上那座房子里有灯光移动。人们说,她还读了很多玄而又玄的书,里面画了些东西——圆圈、星星。依我看,阿莫斯·佩里才是那个不正常的人。"

"他只是头脑简单而已。"科普雷先生宽容地说。

"这个嘛,也许你说的没错,不过有些关于他的传闻。他喜欢花园,可知道得不多。"

"他们只住了一半的房子,是吗?"塔彭丝问,"佩里太太非常客气地请我进去坐了坐。"

"是吗?真的吗?我不知道自己要不要走进那座房子。"科普雷太太说。

"他们住的那部分没什么问题啊。"科普雷先生说。

"另外一部分有问题吗?"塔彭丝问,"靠近运河的前面那部分?"

"这个嘛，过去曾有许多关于它的传闻。当然，很多年没人住了。人们说那座房子很诡异。流传着很多故事。但其实这里的人都已经不记得了，时间太久远。你知道，它是一百多年前建造的，人们说最开始是一位大臣为了金屋藏娇而建。"

"维多利亚女王的大臣吗？"塔彭丝兴致勃勃地问道。

"我觉得不是她。她很挑剔，老女王确实如此。不，我认为更早一些，是乔治王朝时期。这位绅士经常来此地看望她，据说有天晚上，他们发生了争吵，他割断了她的喉咙。"

"太可怕了！"塔彭丝惊讶地说，"他们绞死他了吗？"

"哦，不不，没那回事。你听我说，据说，他必须把尸体处理干净，于是就把她砌在了壁炉里面。"

"把她砌在壁炉里！"

"他们是这么说的。人们说她是个修女，从修道院跑了出来，这就是她要被砌在壁炉里的原因。在修道院里他们就是这么做的。"

"可是把她埋在壁炉里的人不是修女啊。"

"是啊，不是修女。是那个男人做的。她的情人，对她下了毒手。人们说他用砖把壁炉全都围了起来，还在外面钉了一张大铁皮。总之，再也没人见过她穿着华美的衣服走来走去了，可怜的人儿。当然了，有人说她跟着他走了，去城里居住了，或者去了其他地方。人们经常听见一些动静，看到房子里的灯光，天黑之后，很多人都不敢靠近那座房子。"

"后来发生了什么？"塔彭丝问，她感觉维多利亚女王的统治时代似乎有点超出了她想要追溯的范围。

"这个嘛，我也不是特别清楚。房子出售的时候被一个叫布劳吉克的农夫买走了。他也没有住太久。他是人们说的那种乡绅。我想这就是他为什么喜欢这座房子吧。不过农田对他没什么用处,而他并不知道该如何处理。所以他又把房子卖掉了。它转手过很多次,总有建筑工人对它进行改动,改造成新浴室之类的——曾经有对夫妻一度把那儿改为养鸡场,我相信确有其事。但那座房子,你知道,名声不吉利。但那都是我出生前的事了。我相信博斯克温先生自己也曾经一度想过买下它,就是他画那座房子的那段时间。"

"博斯克温先生来这里的时候有多大年纪?"

"我想是四十岁左右吧。他长相不错,虽然有一点点胖。他很受姑娘们的欢迎。"

"啊。"科普雷先生说,这次是一声表示警告的咕哝。

"哎呀,我们都知道艺术家什么样,"科普雷太太说,把塔彭丝也算了进去,"法国去多了,染上了法国人的习气,他们就是这样。"

"他没有结婚吗?"

"那时候还没有。他第一次来这里的时候还没有。他很喜欢查林顿太太的女儿,但没有任何结果。她是个可爱的女孩,但对他而言太年轻了。她还不满二十五岁。"

"查林顿太太是什么人啊?"介绍到新人物的时候,塔彭丝有些糊涂。

"该死的,我在这里究竟要干吗?"当一阵疲惫席卷而来,她忽然想道,"我只是在听一些人的谣传,把完全不真实的事想象成谋杀。现在我明白了——一开始先是一个善良但脑子糊涂的老太太在胡思乱想,并开始回忆博斯克温先生的故事,或者是把画送给她的某个什么人讲了关于房子的许多传闻,有人被活活砌进壁炉里,而不知什么原因,她认为那是个孩子。于是我就出来调查这些乱糟糟的事。汤米说我是个傻瓜，而他说得对极了，我就是个傻瓜。"

她等待着科普雷太太那滔滔不绝的谈话中断一下，这样她就能站起身，礼貌地道个晚安，然后上楼休息。

科普雷太太却谈兴正浓，兴致高昂。

"查林顿太太吗？哦，她在水草畔住过一段时间，"科普雷太太说，"查林顿太太和她女儿。她是个好女人，查林顿太太。我认为她是个军官的遗孀。生活穷困，好在房租便宜。她种了很多花草，非常喜欢园艺。不过她不太擅长收拾家务。我去帮过她一两次，但后来就没再过去了。要知道，我还得骑自行车骑两英里呢。那条路没有公共汽车。"

"她在那里住了很久吗？"

"最多两三年，我想。我猜，发生那些麻烦事之后，她害怕了。后来她女儿也惹上了麻烦。我记得她叫莉莲。"

塔彭丝喝了一口饭后浓茶，决定截住科普雷太太的话头，然后去休息。

"她女儿遇上了什么麻烦？是博斯克温先生吗？"

"不，不是博斯克温先生让她陷入麻烦的。我绝对不会相信的。是另外一个人。"

"另外一个人是谁？"塔彭丝问，"也是住在那里的人？"

"我想他不住在那里，是她在伦敦遇见的某个人。她去那里学芭蕾舞，是吗？还是绘画？博斯克温先生安排她去了那里的某所学校。我想学校名字叫斯莱特。"

"是斯莱德吗？"塔彭丝试着纠正。

"也许是吧。差不多的名字。反正，她经常去伦敦，然后就认识了这个不知道是谁的家伙。她妈妈不喜欢他，禁止他们见面,但根本没什么用。在某些方面,她是个傻女人,就像很多军官的老婆那样。她以为女儿会听大人的话。她真的是落伍了。她是去过印度和周边的地方,但关键在于他是个英俊的年轻人,而你没盯紧你女儿,那她就不会听你的话了。她女儿才不听话呢。他时不时来这里,他们就在外面见面。"

"然后她就卷入麻烦之中了,是吗?"塔彭丝用了委婉的说法,希望这种形式不会让科普雷太太觉得不得体。

"我想,一定是他。反正,一切都再清楚不过了。她母亲还蒙在鼓里的时候,我就弄明白了。她的确是个漂亮的姑娘,个子高高的,模样俊俏。但我觉得,你知道,她不是那种坚强的人,她会崩溃的。她疯狂地走来走去,独自嘀嘀咕咕的。如果你问我他对她是不是不好,确实是这样。他知道出事后就丢下她一走了之了。当然,作为母亲,她应该去跟他谈一谈,让他明白他的责任所在,但是查林顿太太,她可没这个勇气去。总之,她妈妈知道情况之后,就带着女儿离开了。她关闭房门,然后开始出售房子。我相信她们曾回来打包行李,但并没有回村子里,也没跟任何人说过任何话。她们再也没有回来过,两个人都没回来过。流传过一些闲话,我真不知道有没有真实性。"

"有些人什么事都能编造出来。"科普雷先生突然插嘴。

"哦,这你就说对了,乔治。不过也有可能是真的。有时候是会发生这种事情。在我看来,那个女孩的脑筋的确不正常。"

"什么闲话?"塔彭丝询问道。

"这个嘛,说真的,我不愿意说。事情发生很久了,我也不确定,所以不愿意说。是巴德科克太太家的露易丝说出去的。那个女孩就爱撒谎,只要能编出一个好故事,她什么都说。"

"但到底是什么事呢?"塔彭丝问。

"说这个查林顿家的女孩杀死了自己的孩子,然后自杀了;说她妈妈因为悲痛欲绝而变得疯疯癫癫的,她的亲戚只好把她送进了老人院。"

塔彭丝的脑袋又感到混乱了,似乎觉得自己在椅子里晃动起来。查林顿太太是兰卡斯特太太吗?改名换姓,精神有点不正常,被女儿的命运所困扰。科普雷太太继续滔滔不绝地说着。

"我自己是一个字也不相信。巴德科克家的女孩什么都能说出口。那时我们对传言和闲话也没听进去多少,毕竟有别的事要担心。我们被吓个半死,周围所有的村子都被发生的事吓坏了,真事啊——"

"怎么了?发生什么了?"塔彭丝问,以貌似平静的村庄萨顿钱塞勒为中心发生的事让她惊叹不已。

"我敢说当时你在报纸上读过有关消息。让我想想,差不多二十年前了。你肯定看过那些报道。谋杀儿童。开始是一个九岁的小女孩。有一天放学后没有回家。附近的人全都出去找她了。最后在矮树林里找到了她。她是被勒死的。现在想起来我仍然忍不住哆嗦。唉,这只不过是第一起案件,大概三个星期后,又发生了一起。在马克巴桑的另一边,可以说是在同一个地区。有车的男人动起手来还是很容易的。

"之后还发生了好几起,有时候一两个月都平安无事,但接着就会发生一件案子,其中一起离这里不到两英里,几乎就发生在村子里。"

"难道警察——难道没人知道是谁做的吗?"

"他们尽了最大努力——"科普雷太太说,"很快就拘留了一个男人,真的。是一个住在马克巴桑另一端的人。据说对他们的调查很有帮助。你知道这意味着什么。他们认为抓住了凶手。他们抓住一个又一个，可二十四小时之后就不得不放他走了，因为发现他不可能作案，或不在案发现场，或有人给他提供了不在场证明。"

"你不知道，利兹，"科普雷先生说，"也许他们很清楚是谁干的。我相信他们知道。事情往往就是这样，我是这么听说的。警察知道凶手是谁，但他们没有证据。"

"都是他们的妻子啊，没错，"科普雷太太说，"妻子、母亲甚至父亲。不管警察是怎么想的，他们都无能为力。凶手的母亲说：'我儿子昨晚在这儿吃饭呢。'或者年轻姑娘说那天晚上跟他一起去看电影了，整晚他一直跟她在一起；或者他父亲说他跟他儿子一起去远处的农田做农活——就这样，你根本无法反驳。他们可能认为这位父亲或母亲或情人在撒谎，可除非另有他人跳出来说他们看到这个男孩或男人或其他什么人在其他某个地方，不然警方还是什么也做不了。那段时间很恐怖。这里所有的人都很焦虑。每次听说谁家孩子不见了，我们就结伴去找。"

"啊，是这样的。"科普雷先生说。

"大家集合之后就去找了。有时候立马就能找到，有时候几个星期也找不到。有时候她就在家附近，你还以为这些地方已经都找过了。太疯狂了，我想就是这样，很可怕，"科普雷夫人大义凛然地说，"太可怕了，居然会有这种人。他们应该被枪毙，被吊死。要是有人给我机会，我一定吊死他们。杀害、侵犯孩子的男人——送他们进疯人院，让他们像待在自己家里一样舒舒服服地住着，有什么用呢。早晚还会放出来，说他们已经治好了，然后送他们回家。在诺福克郡就发生过这种事。我姐姐住在那里，她跟我说的。那人回了家，两天后他就对别人下手了。真是疯了，这些医生，有些人还没治好，就非说他们已经治好了。"

"你知不知道这里谁有可能犯案?"塔彭丝说,"你真觉得是个陌生人吗?"

"也许是个陌生人,但肯定住在这附近——哦!我想说是方圆二十英里之类。不一定是这个村子里的人。"

"你一向认为是的,利兹。"

"你着急了吧,"科普雷太太说,"你认为肯定是附近的人,我想是因为你感到害怕。我以前经常打量别人。你也是,乔治。你自言自语说不知道会不会是那个家伙,最近他看上去有点古怪,诸如此类。"

"我倒不觉得他会表现得很奇怪,"塔彭丝说,"也许他看上去与常人无异。"

"没错,你说的可能有道理。我听人说你根本不可能知道,他们看上去一点都不疯癫,但也有人说他们眼里总有一种可怕的光。"

"杰弗里斯,那时他是这里的警官,"科普雷先生说,"他总说自己有个好办法,可就是没采取任何行动。"

"他们一直就没抓到那个男人吗?"

"没有。半年多,将近一年。然后这件事就打住了。从那时起,周围再也没有发生过类似的事。不,我觉得他肯定是离开了。完全消失了。这让人们觉得自己可能知道谁是凶手。"

"你是指那些离开此地的人?"

"这个嘛,当然,人们会谈论的,你知道,他们会说也许是某某人。"

塔彭丝犹豫着要不要问下一个问题,但她觉得既然科普雷太太对谈论这件事兴致正浓,那不妨问一下。

"你觉得是谁?"她问。

"哦,过了那么久,我也不太想说了。但别人的确提到过几个名字。人们谈论过,也观察过,一些人认为可能是博斯克温先生。"

"是吗?"

"是啊,画家之类的人,怪怪的。他们是这么说的。但我觉得不是他!"

"更多人说是阿莫斯·佩里。"科普雷太太说。

"佩里太太的丈夫?"

"是啊,他有点古怪,你知道,头脑简单。他那种家伙,能干出这种事来。"

"那时佩里夫妇住在这里吗?"

"是的。不在'水草畔'。他们住在离这里四五英里远的一座小屋里。我相信警察盯过他的梢。"

"虽然也没从他那里找到证据。"科普雷太太说,"他妻子总是为他说话。晚上跟她一起待在家里,真的,她总是这么说。只是有时在星期六晚上去小酒馆,但所有这些谋杀案没有一起是发生在星期六晚上的,所以从这话里也找不出什么问题。另外,爱丽丝·佩里是那种她一作证你就会相信的人,她从不放弃或者让步,恐吓对她也无济于事。不管怎么说,他不是凶手。我从来都不认为他是凶手。我知道我没有证据,但我有种感觉,如果让我指出谁是凶手,我会说是菲利普爵士。"

"菲利普爵士?"塔彭丝再次感到眩晕,又一个人物登场了。菲利普爵士。"他是谁?"她问道。

"菲利普·斯塔克爵士,住在沃伦德宅院。沃伦德家族住在那儿的时候叫老修道院——在它被烧毁之前。你可以在教堂墓地里看到沃伦德家的墓碑，在教堂里也有他们的追思牌。詹姆斯国王①执政时期，沃伦德家族差不多一直住在这里。"

"菲利普爵士是沃伦德家的亲戚吗？"

"不是。他赚了很多钱，不然就是他父亲赚的，炼钢厂之类的吧。菲利普爵士是个奇怪的人，工厂在北边的某个地方，但他却住在这里，独来独往。人们说他是隐，隐，隐什么来的。"

"隐士。"塔彭丝提醒说。

"我要说的就是这个。他脸色苍白，你知道，瘦骨嶙峋，喜欢花草，是个植物学家。过去常收集各种各样不值一提的小野花，就是那种你都不想看第二眼的花。我记得他甚至写了一本关于那些花的书。哦对了，他很聪明，非常聪明。他妻子是个好女人，非常漂亮，可我总觉得她愁容满面的。"

科普雷先生轻哼一声。"你疯了吧，"他说，"认为菲利普爵士是凶手。他多么喜欢孩子啊，经常为他们举办派对。"

"是的，我知道。他总是给孩子们庆祝，还给他们准备可爱的礼物。玩彩蛋接力大赛，还提供草莓和奶油茶。你知道，他自己没有孩子，他常常在路上叫住小孩，给他们糖果，或给一枚六便士的硬币让他们买糖吃。可我不知道，我觉得他做得过头了，他是个奇怪的人。自从他妻子突然离开他之后，事情就不对劲了。"

"他妻子什么时候离开他的？"

"那一系列惨烈发生之后大约六个月，那时候已经有三个孩子被杀了。斯塔克夫人突然去了法国南部，再也没回来。你得说，她那种人做不出来这种事。她是个安静的女人，值得尊

---

①詹姆斯国王，即詹姆斯一世，于一六〇三年至一六二五年间统治英国。

敬,不可能因为别的男人而离开他。不,这种事她做不出来。那么,她为什么离开他呢?我常说因为她知道一些事,发现了什么——"

"现在他还住在这里吗?"

"他啊,不常住。他一年来一两次,大部分时间房子都是锁着的,有看门的人。村子里的布莱小姐,以前是他的秘书,帮他处理事情。"

"那他妻子呢?"

"她死了,可怜的人。她出国后没多久就死了。教堂里放了一块她的追思牌。这种事对她来说肯定很可怕。也许起初她并不确定,然后也许她开始怀疑她丈夫,接着也许她很确定了。她接受不了,所以离开了。"

"你们女人就爱幻想。"科普雷先生说。

"我所能说的就是菲利普爵士不大对劲。我觉得他对孩子过分喜爱,而且表现出来的方式很不自然。"

"女人的想象。"科普雷先生说。

科普雷太太站起身,开始收拾餐桌上的东西。

"时间差不多了,"她丈夫说道,"要是你继续跟这位女士说那些现在跟这里的人毫无关系的陈年旧事,会让她做噩梦的。"

"听着很有趣,"塔彭丝说,"但我真的很困了,我想现在我该去休息了。"

"哦,通常我们都睡得很早,"科普雷太太说,"忙了一整天,你也该累了。"

"是啊,我困死了。"塔彭丝打了个长长的大呵欠,"好啦,晚安,非常感谢你们。"

"明天早上你想让我们叫醒你喝杯茶吗?八点钟会不会太早

了?"

"不,没问题的。"塔彭丝说,"不过如果太麻烦就算了。"

"一点也不麻烦。"科普雷太太说。

塔彭丝拖着疲惫的身子回到房间,她打开小手提箱,拿出几件需要的物品,换好衣服,洗漱完毕,倒在床上。她对科普雷太太说的是真的。她快累死了。刚才听到的话在她脑海中回响着,移动的身影和各种可怕的想法如万花筒般千变万化。死去的小孩,太多死去的小孩,塔彭丝只想知道壁炉后面那个死去的小孩。壁炉也许跟"水草畔"有关系。小孩子的布娃娃。年轻姑娘那脆弱的意志因为情人的抛弃而崩溃,发疯杀死了一个孩子。"老天,我用了多么耸人听闻的语言啊。"塔彭丝心想,所有这些都乱七八糟的,时间全都混乱了,没人能确定事情发生的时间。

她睡着了,做起梦来。一位叫夏洛特的夫人从房子的窗口向外看着。烟囱里传出抓挠的声。钉在那里的一块大铁板后面传来击打的声音,锤子发出的声音铿锵有力。锵,锵,锵。塔彭丝醒了过来。是科普雷太太的敲门声。她满面笑容地走了进来,把茶放在塔彭丝床边,拉开窗帘,说希望塔彭丝昨晚睡得香甜。塔彭丝心想,没有人比科普雷太太看上去更振奋开朗了。她从来不做噩梦!

## 第九章　马克巴桑的上午

"啊，早啊，"科普雷太太急匆匆走出房间，一边说道，"又是新的一天。每当我醒来就会说这句话。"

"新的一天？"塔彭丝呷了一口浓浓的红茶，"真不知道我是不是作茧自缚……也许是……真希望汤米能在这里，还可以跟他说说话。昨晚真把我搞糊涂了。"

离开房间之前，塔彭丝在笔记本上记下了昨晚听到的各种事件和名字，她上床睡觉的时候太累了，不想写了。这些富有戏剧性的往事也许包含了些许事实，但大部分是道听途说、恶意中伤、流言蜚语或者浪漫想象。

"真的，"塔彭丝心想，"我想我开始了解追溯到十八世纪的许多人的爱情生活了。可有什么用呢？而我在寻找什么呢？我自己甚至都不知道。糟糕的是，我已卷入其中，不能脱身了。"

塔彭丝敏锐地猜测到她今天第一个要面对的就是布莱小姐，塔彭丝承认她是萨顿钱塞勒最具威胁性的人。她巧妙地避开了对方各种好心的帮助，火速驱车赶往马克巴桑。布莱小姐尖声对她打招呼的时候，她停了一下，对这位女士解释说她有个重要约会……她什么时候能回来？塔彭丝言辞闪烁。她要不要共进午餐？谢谢布莱小姐的好意，但恐怕——

"那就下午茶吧。四点半，我等着你。"就像一个皇室成员在下达命令。塔彭丝微微一笑，点点头，重新发动汽车，开走了。

也许，塔彭丝心想，如果她从马克巴桑的房屋代理商那里得不到什么令人感兴趣的信息，内莉·布莱也许会提供更多有用的消息。她是那种以无所不知为荣的女人。阻碍在于她会下决心打探出有关塔彭丝的一切事情。没准今天下午塔彭丝可以最大限度地变回那个被创造出来的自己。

"记住，布伦金索普太太。"塔彭丝说，汽车沿着路边一个急转弯，挤进一道矮树篱，以免被一辆仿佛在嬉闹的巨大拖拉机碾个粉碎。

到达马克巴桑之后，她把车停在停车场，走进邮局，进入一座空闲的电话亭里。

是艾伯特接的电话。他像往常那般回应着，一句简洁的"你好"中透着一股怀疑。

"听着，艾伯特，我明天就回家。总之能赶上吃晚饭，也许会早点。贝雷斯福德先生如果不打电话通知行程有变，也会回去的。给我们准备一些鸡肉吧。"

"好的，夫人。你在哪儿——"

但塔彭丝挂断了电话。

马克巴桑镇的生活似乎都围绕着中心广场展开。离开邮局之前，塔彭丝查阅了分类电话号码簿，四家房屋财产代理商中有三家都坐落在中心广场，第四家在乔治街上。

塔彭丝潦草地写下这些名字，走出邮局开始寻找。

她首先走进外表最为富丽堂皇的"洛夫巴蒂和斯里克先生"公司。

一个长着雀斑的姑娘接待了她。

"我想咨询一座房子。"

听到这个消息,那个姑娘毫无兴趣,似乎塔彭丝在询问跟珍稀动物有关的事。

"我完全不知道。"女孩说道,四处打量了下,看看有哪位同事可以接手塔彭丝——

"一座房子。"塔彭丝说,"你是房屋代理商,不是吗?"

"房屋代理商及拍卖商。蔓越莓庭院拍卖在星期三举行,如果你有兴趣,拍卖品目录两先令。"

"我对拍卖没兴趣。我想问的是一座房子。"

"装修了的吗?"

"没装修的——待售,或者租。"

雀斑面露些许喜色。

"我想你最好跟斯里克先生谈谈。"

塔彭丝很愿意去见斯里克先生。片刻后,她就坐在了一间小办公室里,对面是个穿着粗方格花呢西服的年轻人,他正在翻阅关于适合居住的房屋的大量资料,他念叨着,"曼德维尔路八号,专业设计师建造,三间卧室,美式厨房,哦,不,卖掉了,阿玛贝尔小屋,风景如画,四英亩,减价急售——"

塔彭丝强行打断了他:"我看中一座很喜欢的房子,在萨顿钱塞勒,或者说,在萨顿钱塞勒附近,运河边——"

"萨顿钱塞勒,"斯里克先生一脸怀疑,"我想我们现有的目录上没有那里的房产。叫什么名字?"

"好像没有任何标牌,也许是水畔或水草畔。曾经叫桥边小屋,我想。"塔彭丝说,"那房子分为两部分。一半出租了,不过那里的租客不知道另一半房子的情况。另外一半面向运河,我非常感兴趣。似乎没人住。"

斯里克先生淡然地说恐怕他帮不了她,但又带着一股优越感说也许"布洛杰特及伯吉斯先生"公司可以给她提供信息。但他的语气却在暗示这是家劣质公司。

塔彭丝来到中心广场对面的"布洛杰特及伯吉斯先生"公司。他们的办公室与"洛夫巴蒂和斯里克先生"公司非常相似，脏兮兮的橱窗里是同样的出售单和即将举办的拍卖会。前门新近涂了胆汁一样的绿色——如果这可以算作一个优点的话。

接待安排同样令人垂头丧气，塔彭丝被介绍给斯普瑞格先生，一位意志消沉的老人。塔彭丝又说了一遍自己的想法和要求。

斯普瑞格先生承认他知道她说的这座房子，但也帮不上忙，至少看起来他不怎么感兴趣。

"恐怕买不到那座房子。房主不想卖。"

"谁是房主？"

"我也不知道。那座房子被频繁转手过几次，有段时间有传言说被政府强制收购了。"

"本地政府要那座房子干什么呢？"

"说真的，这位太太，呢（他扫了一眼匆匆记在记事簿上的塔彭丝的名字），贝雷斯福德太太，如果你能告诉我这个问题的答案，那你就比现在这些可怜的家伙聪明太多了。地方理事会和规划委员会的办事方式一向疑云重重。房子后面的那部分进行了一些必要的维修，之后便以基地的价格租给了一位，呢，啊对了，佩里先生和佩里太太。说到房子真正的房主，那位先生住在国外，似乎对这处房屋没什么兴趣。我想也许是在遗产继承方面有问题，遗产由指定遗嘱继承人来执行，出现了一些法律上的小问题——法律往往是昂贵的，我想房主贝雷斯福德太太更愿意这房子倒塌——除了佩里夫妇住的那部分，其他的部分都没有装修。当然，那块地将来可能很值钱，维修荒废的房屋赚不了什么钱。如果你对这种房子有兴趣，我相信我们可以为您提供一些更有价值的房子。冒昧问一下，这房子尤为吸引你的地方在哪呢？"

"我喜欢它的外观，"塔彭丝说，"非常漂亮，我第一次是在火车上看到它的。"

"哦，我明白了——"斯普瑞格先生尽量掩饰他那"蠢女人真令人难以置信"的表情，安慰地说，"如果我是你，我就会忘记所有这一切。"

"我想你或许可以写封信，问问房主是否愿意出售，或者你可以把他们的，或他的地址给我——"

"如果你坚持的话，我们可以联系房主的律师，不过我不抱太大希望。"

"我想，现如今所有事都得通过律师。"塔彭丝的声音透着一股愚蠢和烦躁，"而律师做事总是慢吞吞的。"

"啊是的，律师是很耽误时间的——"

"银行也是一样糟！"

"银行——"斯普瑞格先生听起来有点吃惊。

"好多人都留下银行名字作为地址，也很烦人。"

"是啊，是啊，正如你所说，不过现在的人都闲不下来，到处跑，出国什么的。"他拉开抽屉，"我这里有处房产，克罗斯盖茨，离马克巴桑两英里，条件非常不错，花园很漂亮——"

塔彭丝站起身。

"不用啦，谢谢你。"

她语气坚定地跟斯普瑞格先生说了再见，重新回到中心广场。

她又在第三家房产代理商那里待了很短一段时间。他们似乎主要专注于养牛场、养鸡场以及普通农场的售卖业务。

她最后去了乔治街上的"罗伯特及威利先生"公司。公司看着很小，不过积极推进业务，对顾客尤为热情，但是对萨顿钱塞勒不怎么感兴趣，也不了解情况，只是热情地推荐一些盖了一半的住宅，价格高得离谱，其中一座的效果图让塔彭丝一阵哆嗦。热心的年轻人看到他潜在的客户坚决要走，便不情不愿地承认萨顿钱塞勒这个地方的确存在。

"您说的萨顿钱塞勒，您最好去广场上的布洛杰特及伯吉斯公司试试。他们手里有一些附近的房产，但是房况都很差，很破败——"

"附近有座很漂亮的房子，在运河边，我从火车上看到的。为什么没人想住在那里呢？"

"哦！我知道那个地方，叫'河岸'；没人愿意住在那里，据说里面闹鬼。"

"你是说，鬼？"

"他们是这么说的，关于它有很多传闻。晚上有动静，还有呻吟声。依我看，是蛀虫。"

"哦老天，"塔彭丝说，"我看那个地方很漂亮幽静啊。"

"大多数人会说太幽静了，想想吧，冬天发洪水。"

"看来我有许多事情需要考虑。"塔彭丝尖刻地说。

她迈步朝兰姆及弗拉格饭馆走去，她打算在那儿吃个午饭，补充一下体力，步行过去的时候，暗自嘀咕道：

"很多事要考虑——洪水，蛀虫，鬼，锵锵作响的链子，不住此地的房主与地主，律师，银行，没人想要也没人喜欢的房子——也许除了我之外……哦，好吧，现在我就想吃个午饭。"

兰姆及弗拉格饭馆的饭菜美味量大，对农夫来说够丰盛，不是那种针对过路游客的假法国菜——浓厚的咸汤，火腿，苹果酱，斯蒂尔顿奶酪，或者你可以换成梅子奶油蛋糕。不过塔彭丝没换。

漫无目的四处逛了逛，塔彭丝回到车里，驶向萨顿钱塞勒。她感觉上午没什么收获。

当她拐过最后一个弯，萨顿钱塞勒教堂映入眼帘，塔彭丝看到牧师从教堂墓地走了出来。他步履疲惫。塔彭丝在他身边停下车。

"您还在寻找那个墓碑吗？"她问道。

牧师一只手撑着腰背。

"唉，是啊，"他说，"我眼神不太好了。墓碑上有太多字都被侵蚀了。我的背也疼。太多石头都横在地上。真的，有时候我弯下腰，真怕自己再也直不起来了。"

"您不应该再查了，"塔彭丝说，"如果您已经翻查了教区记事簿之类的，便已经尽自己所能。"

"我知道，不过那个可怜的人看上去既迫切又真诚。我很清楚这是浪费工夫，不过我真的觉得这是我的责任。我还有一小片没有查完，从这边的紫杉树到远处那边的墙，但那些墓碑绝大多数都是十八世纪的。但我觉得把工作彻底做完，这样我才不会自责。不过，到明天再说吧。"

"没错，"塔彭丝说，"您一天之间也不能做太多事。就这么办吧，"她补充道，"我跟布莱小姐喝过茶后，就过去看一看。您说的是从紫杉树到墙，对吗？"

"哦，但我不能麻烦你——"

"没关系的。我很愿意这么做。我感觉在教堂墓地来回走走挺有意思的。要知道，那些古老的碑文能让人对当时活在此地的人们浮想联翩。我会很喜欢这项工作,真的。您需要回家休息休息。"

"好吧,我确实需要为今晚的布道做些准备,没错。你真是个好人,一个非常好心的人,真的。"

他冲她微微一笑,走进牧师住所。塔彭丝看了一眼手表。她在布莱小姐门前停下车。"早结束,早解脱。"塔彭丝心想。前门是开着的,布莱小姐正端着一盘新鲜出炉的烤松饼,穿过大厅,走进会客厅。

"哦!你来了,亲爱的贝雷斯福德太太。见到你可真是太好了。茶马上好,水就快开了,只需要把水倒进茶壶就行了。希望你想要购买的东西都买好了。"她看着挂着塔彭丝手臂上空荡得恼人的购物袋,十分刻意地说道。

"唉,我的运气确实不太好,"塔彭丝说,尽量表现出一副惋惜的表情,"你知道有时候就是这样,有时候商店里就是没有你喜欢的颜色或者款式,真不走运。不过我还是很喜欢每到一个新地方就四处走走,就算没多大意思。"

水壶发出一声刺耳的尖叫声,作为提示。布莱小姐快步返回厨房,把大厅桌上的一批还没寄走的信件撞散在地。

塔彭丝弯下腰,捡起信。在放回桌上的时候,她注意到最上面一封信是寄给约克夫人的,罗斯特里斯老年女性养老院,地点在坎伯兰。

"说真的,"塔彭丝心想,"我开始感到,似乎整个英国,除了养老院就没别的了!我觉得,过不了多久,汤米和我就要住进去了!"

就在前些日子,一个自认好心和热心的朋友写信给他们推荐了德文郡一家很不错的养老院。那里面向已婚夫妇,主要是退休后的公务员。饭菜很不错,只需带上自己的家具和私人物品。

布莱小姐端着茶壶又出现了,两位女士坐下来喝茶。

布莱小姐说起话来不如科普雷太太那么夸张生动,她更在意的是获取而非提供信息。

塔彭丝含糊地低声说了些过去他们在国外任职的情况——在英国生活困难,详细聊了聊已结婚生子的两个儿女的事,轻缓地将话题转向布莱小姐在萨顿钱塞勒各种数不清的活动——妇女协会、女童子军、男童子军、保守妇女联盟、演讲、希腊艺术、自制果酱、插花、素描俱乐部、考古家之友、牧师的健康问题,让他保重身体的必要性,他的心不在焉,还有教会委员之间令人遗憾的分歧——

塔彭丝称赞了烤松饼,感谢了女主人的热情招待,然后起身告别。

"你可真是精力充沛啊,布莱小姐,"塔彭丝说,"我无法想象你是怎么做到这么多事的。我得承认,经过一天的游览和购物,我只想躺在床上睡一会儿,就半小时左右,或闭闭眼睛也行,而且,床非常舒服。真得感谢你推荐我去科普雷太太那里——"

"她是个极为可靠的女人,不过,当然了,话很多——"

"哦!我发现她讲的那些当地传说有趣极了。"

"有一半时间她都不知道自己在说些什么!你还要住多久呢?"

"哦不,明天我就回家了。没找到合适的小房子真让人失望,我本来对运河边那座画一样的房子抱有希望的——"

"别想啦,那座房子装修破旧,房主也不在,是个耻辱——"

"我甚至不知道谁是房主。我想你是知道的。你好像对这里的一切都很了解——"

"我对那座房子一向没什么兴趣。它总是被卖来卖去,次数多得数不清。佩里夫妇住在其中一半,另一半就荒废破败下去了。"

塔彭丝再次道别,然后开车回到科普雷太太家。屋里安安静静的,显然没人在。塔彭丝上楼走进自己的卧室,放下空空的购物袋,洗了脸,往鼻子上扑了扑粉,再次蹑手蹑脚地走出房子,在大街上四下里看看,没有发动汽车,飞快地转过街角,沿着村子后面穿过田间的一条小径走到通往教堂墓地的篱笆墙台阶那里。

塔彭丝踏着台阶走进夕阳下宁静的教堂墓地,开始检查墓碑,就像她答应牧师的那样。她这么做并非别有用心,她没打算能在这里发现什么,只是出于好心而已。上了年纪的牧师是个好人,她希望他能觉得对得起自己的良心。她带了一个笔记本和一支铅笔,万一有什么有用的信息,可以替他记下来。她猜想自己的任务只不过是寻找为那个年龄的孩子所立的一块墓碑。这里绝大部分的墓碑都历史悠久,不是很有趣,既不是古老得离奇,也没有感人或悲伤的碑文。死者大多数都是上了年纪的老人,尽管如此,在前进中,塔彭丝还是会逗留片刻,在脑海中想象一些场景。简·埃尔伍德,一月六日逝世,享年四十五岁。威廉·马尔,一月五日逝世,无比痛惜。玛丽·特里维斯,五岁。一八三五年三月十四日。这个日期太遥远了。"你的面前,是十足的喜乐。"幸运的小玛丽·特里维斯。

她马上就要查找到墙的尽头了。这里的墓碑无人打理,杂草丛生,似乎没人在意这个角落的墓地。很多墓碑已经不再直立着,而是横在地上,围墙也遭到毁坏,墙皮剥落,有些地方已经坍塌了。

　　这片区域位于教堂后部，路上的人是看不到的。不用说，孩子们肯定会来这儿尽情地搞破坏。塔彭丝弯下腰察看一块石头板材，原来的字已经被磨损侵蚀得无法辨认了，但是把它翻转过来侧立着之后，塔彭丝看到一些粗劣潦草的字词，上面也长满了青苔。

　　她停下来，通过食指触摸那些字，时不时辨认出一些。

　　无论谁……侵犯……那些小孩子中的一个……米尔斯通……米尔斯通……米尔斯通……和下面的——是用业余手法刻出来的几个参差不齐的字：

　　莉莉·沃特斯长眠于此。

　　塔彭丝深吸一口气，她意识到自己身后有团黑影，但还没来得及转过头，后脑勺就被什么东西打了一下。她扑倒在墓碑上，在痛苦中陷入黑暗。

*第三部 失踪的妻子*

## 第十章 一次会议以及会后

### 1

"贝雷斯福德，"英国皇家外交信使、外科学士、特殊功勋章获得者、上将约西亚·佩恩威严地说道，这个语气跟他名字前面那一大串头衔很配，"你怎么看那些无聊的啰唆话？"

汤米从这句话里听出来的意思是，老乔希，人们在背后都这么无礼地称呼他，对他们参加的会议进程并不满意。

"轻轻松松就把你套进去了，"约西亚爵士继续说道，"废话一大堆。要是有人偶尔说点理智的话，马上就会有四五个长得跟豆芽菜似的人站起来打断他。我真是不知道我们为什么要来这里开会。不，至少我知道我为什么要来。没别的事要做。要是我不来参加这些会，就得待在家里。你知道我在家里会怎么样吗？受人欺负，贝雷斯福德。被我的管家欺负，被我的园丁欺负。那个苏格兰老头，连我自己的桃子他都不让我碰。所以我就来这里了，行使我的权利，假装自己仍然是个有用的人，确保这个国家的安全！胡说八道！

"你呢？你还年轻呢，你来这里浪费时间是为了什么呢？没人听你的，就算你的话真的值得一听。"

汤米觉得有点好笑，尽管他认为自己上了年纪，却被约西亚·佩恩少将认为是年轻人。他摇摇头。汤米心想,上将肯定八十多岁了,耳朵聋了,有严重的气管炎,但他可不傻。

"要是您不在这里,就什么事也做不成。"汤米说。

"我也喜欢这么想,"上将说,"我是一头没有牙齿的斗牛犬,但我仍然能吠叫。汤米夫人好吗?很久没见她了。"

汤米回答说塔彭丝很好很活跃。

"她一向都很活跃。有时她会让我联想到蜻蜓。一旦产生什么荒谬的念头,她会马上飞奔而去,然后我们会发现那个想法并不荒谬。太有意思了!"上将赞许地说,"我真是不喜欢现如今我见到的这些热情的中年妇女,每个人都直奔目的。至于现在的姑娘们——"他摇摇头,"可不像我年轻时候的那些姑娘,那时候她们美得跟画上的人一样。她们的薄纱连衣裙啊!钟形帽,有段时间很流行戴那种帽子。你记得吗?我想那时候你还在上学。你得低下头从帽子的下沿才能看到姑娘的脸。非常撩人,而她们清楚得很!我想起来了,让我想想,她是你的一位亲戚,是你姨妈?——艾达,艾达·范肖——"

"艾达姨妈?"

"我认识的最漂亮的姑娘。"

汤米努力抑制住心中的惊奇。居然有人认为他的艾达姨妈美丽,真是难以置信。老乔希轻颤着继续说道:

"是啊,美得就像一幅画。也非常快乐、活泼!经常捉弄人。啊,我记得最后一次见到她的情形。我还是个中尉,要去印度服役。月光下我们在海边野餐……她和我一起漫步,然后坐在岩石上面看大海。"

汤米饶有兴致地看着他。他的双下巴,他的秃头,他浓密的眉毛,他的大肚子。他想到艾达姨妈,想到她下巴上像胡子似的茸毛,她的狞笑,她那铁灰色的头发,她带着恶意的目光。时间啊,他想。时间对一个人都做了些什么!他努力想象月光下的年轻英俊中尉和漂亮姑娘。他失败了。

"浪漫。"约西亚·佩恩爵士深深地叹了口气,"啊,没错,浪漫。那天晚上我本来想向她求婚,但如果你是个中尉,是不能求婚的。你负担不起。我们还得等五年才能结婚。可是要求姑娘答应五年后结婚,时间太久了。啊,你知道,就是这么回事。我去了印度,过了很长时间才休假回家。我们互相写过几次信,后来就渐渐断了联系。就像一般人那样。我再也没见过她。然而,你知道,我从来没忘记过她,经常想起她。我记得几年后,有一次我差点写信给她,我听说她住的地方离我住的不远,我想过去看看她,问问能否给她打电话。然后我又想道:'该死的,别傻了,也许她现在完全不一样了。'

"几年之后我听人提到过她,说她是那人见过的最丑的女人。听他这么说,我简直不能相信。不过现在我想,也许我再没见过她是件幸运的事。她现在怎么样了?还活着吧?"

"不,其实,她两三个星期前去世了。"汤米说。

"真的,真的吗?是啊,我想她,她七十五岁还是七十六岁了?也许更老一些。"

"她八十岁。"汤米说。

"真没想到。那个黑头发、活泼的艾达。她在哪里去世的?是在老人院,还是有人跟她住在一起?她没结过婚,是吗?"

"是的,"汤米说,"她终身未婚。她在老年女性养老院。事实上,那家养老院挺好的。叫煦阳岭。"

"是啊,我听说过。煦阳岭。我记得我妹妹认识的某个人在那里。她,叫什么来着,卡斯泰尔斯太太?你遇见过她吗?"

"没有。我在那里见过的人不多。去那里的人都只是看望自己的亲戚而已。"

"我想,肯定很艰难。我是说,你永远都不知道要跟她们说些什么。"

"艾达姨妈尤其难相处,"汤米说,"你知道,她脾气暴躁。"

"有可能。"上将咻咻地笑着,"年轻时,只要她愿意,她就是个十足的小恶魔。"

他叹了口气。

"人老了,就会变成老魔鬼。我妹妹的一个朋友经常胡思乱想,可怜的老东西。总说自己杀过人。"

"老天,"汤米说,"她真做过吗?"

"哦,我可不这么想。似乎没人认为她杀过人。我想,"少将沉思着说,"我想她也许杀过人。如果你兴致勃勃地到处说这种话,反而没人会相信你的,是吧?这么想很有意思,不是吗?"

"她认为自己杀了什么人呢?"

"我要是知道就好了。可能是她丈夫?不知道他是谁,长什么样。我们第一次见到她的时候,她是个寡妇。唉,"他叹口气,又说,"艾达的事真让人难过。没在报纸上看到讣告。如果看到了,我会送些花之类的。以前的姑娘们都在晚礼服上别一朵花,在晚礼服的肩头别一朵玫瑰花苞。非常漂亮。我记得艾达有件晚礼服,是绣球花的颜色,紫蓝色。她在上面别了几朵粉色玫瑰花苞。她曾经送给我一朵。当然了,是人造的假花。我保存了很多年。我知道,"他盯着汤米的眼睛,接着说,"想一想就会觉得好笑,不是吗?我跟你说,小伙子,当你老了,变得像我这样迷糊,你会再次多愁善感起来。好啦,我想我最好一瘸一拐地回去参加这出滑稽戏的最后一幕。你回家后,替我向塔彭丝太太问好。"

第二天在火车上,汤米回想起这次对话,不禁微笑起来,再次努力想象着他那可怕的姨妈和威严的少将年轻时候的模样。

"我一定要讲给塔彭丝。她听了准会大笑。"汤米说,"不知道我离家这段时间,塔彭丝在做什么。"

他微笑起来。

## 2

忠诚的艾伯特打开前门,微笑着欢迎汤米回家。

"见到您真高兴,先生。"

"回到家真令人高兴——"汤米把行李箱交给艾伯特,"贝雷斯福德太太在哪儿?"

"还没回来,先生。"

"你是说她出去了?"

"离开三四天了。不过她会回来吃晚饭的。她昨天打电话是这么说的。"

"她去做什么了,艾伯特?"

"我也说不上来,先生。她开了车,但还带了很多铁路指南。只能说,她可能在任何地方。"

"有可能,"汤米想了想,"约翰奥格罗特,或者兰兹角,或者在回来的路上,在马什路的小蒂瑟岔路口迷路了。上帝保佑英国铁路公司。你说她昨天打来过电话,她说没说她在哪里?"

"她没说。"

"昨天什么时候来的电话?"

"昨天早上,午饭之前。只说一切都好。她不太确定自己何时到家,但她认为晚饭之前就能回家,还让我准备一只鸡。您觉得吃鸡可以吗,先生?"

"好的,"汤米说,看了看手表,"但她得快点回来。"

"我先把鸡放进锅里。"艾伯特说。

汤米咧嘴一笑。"没错,"他说,"抓它的时候先抓尾巴。你怎么样,艾伯特?家里好吧?"

"只是虚惊一场,没事了。医生说只是皮疹。"

"很好。"汤米说。他用口哨吹着一支曲子上了楼,走进卫生间,刮了胡子洗了脸,踱着步子走进卧室,四处看着。主人出门,无人居住,让房间看起来怪怪的,氛围清冷,一点都不温馨。一切都极为整洁干净。汤米有种沮丧的感觉,觉得自己像一只忠诚的狗。他环视四周,心想,塔彭丝好像从没在这里住过。没有撒香粉,没有倒扣在桌上的、打开的书。

"先生。"

是艾伯特,站在门口。

"怎么了?"

"我不知道该拿那只鸡怎么办。"

"哦,该死的鸡,"汤米说,"你似乎担心那只鸡。"

"哦,我以为您和她都不会晚于八点回来。我是说,八点之前就坐在屋里了。"

"我也这么认为。"汤米说着扫了一眼腕上的手表,"老天,都八点二十五了。"

"是的,先生。那只鸡——"

"哦,算了吧,"汤米说,"你从烤炉里把鸡拿出来,我们两个人吃吧。塔彭丝是自作自受。晚饭前就该回来,真是的!"

"的确，有些人很晚才吃晚饭，"艾伯特说，"我曾经去过西班牙，相信我，十点之前你都吃不上晚饭。晚上十点，这还了得！野蛮的人！"

"好啦，"汤米心不在焉地说，"顺便问问你，你完全不知道这段时间她在哪儿吗？"

"您是指太太吗？我不知道，先生。依我看也就是随便走走。就我所知，她开始是想坐火车到处看看。她一直在看按字母顺序排列的火车时刻表什么的。"

"好吧，"汤米说，"我们都有自己的娱乐方法，我想。她的方法似乎是坐火车旅行。尽管如此，我还是想知道她在哪儿。说不定正坐在马什的小蒂瑟女士等候室里。"

"但她知道您今天回家，不是吗，先生？"艾伯特说，"总之她会回来的。肯定会的。"

汤米察觉到他这是在表忠心。他和艾伯特联合起来表达对塔彭丝的反对，她跟英国铁路公司你侬我侬的，却忘了及时回家，给外出归来的丈夫应有的欢迎。

艾伯特快步走进厨房，把快要融化在烤炉里的鸡解救了出来。

汤米本来也想跟过去，但又停住脚步，看向壁炉。他慢慢走过去，看着挂在上面的画。真有趣，她认定自己之前见过那座房子。汤米肯定自己并没有见过。总之，这是座很普通的房屋，像这样的房子一定有很多。

他尽量向前探身，仍然看不太清楚，便将其从挂钩上摘下来，拿到电灯下面。一座平静的房子。有个画家的签名，首字母是B，不过他看不出来全名是什么。博斯沃恩，或博斯谢尔——他找到一个放大镜，更加仔细地看着。大厅里传来一阵欢快的牛铃声。艾伯特对汤米和塔彭丝某天从格林德沃买回来的瑞士牛铃持高度赞扬的态度。他是这类东西的艺术鉴赏大师。晚饭准备好了。汤米走进餐厅。奇怪啊，他心想，塔彭丝现在还没回来。就算她的汽车轮胎被扎破了，这似乎有可能，他还是很奇怪为什么她没有打电话来解释一下，或者对自己的晚归表示歉意。

"她应该知道我会担心的。"汤米自言自语道。不，当然了，他从没担心过，从不为塔彭丝担心。塔彭丝总是吉人天相。艾伯特反驳了这一想法。

"希望她没出车祸。"他说着，为汤米端上一碟卷心菜，忧郁地摇着头。

"拿走吧。你知道我讨厌卷心菜。"汤米说，"为什么她会出车祸？现在才九点半。"

"这年头在路上开车明摆着就等于谋杀，"艾伯特说，"人人都可能出车祸。"

电话铃声响了起来。"是她。"艾伯特说。他急忙把那碟卷心菜放到餐具柜上，冲出房间。汤米站起身，放下那盘鸡，跟在艾伯特身后。他刚说了句"等一下，我来接"，艾伯特已经拿起了电话。

"是的，先生，是的，贝雷斯福德先生在家。他来了。"他转向汤米，"是莫里医生找您，先生。"

"莫里医生？"汤米思索片刻。名字听着很熟悉，但一时半会儿他想不起来莫里医生是谁。如果塔彭丝出了车祸——念及此，他解脱地松了口气，他想起莫里医生是"煦阳岭"养老院里照顾老太太的医生。也许是艾达姨妈的葬礼有什么问题。汤米这个年纪仍像个孩子，他立马想到肯定是一些类似的问题，是他应该签署的什么文件，或者莫里医生应该签字的什么文件。

"你好,"他说,"我是贝雷斯福德。"

"哦,很高兴能联系到您。希望您还记得我。我照顾过您的姨妈范肖小姐。"

"是的,我当然记得。有什么需要我做的吗?"

"我真的很想找个时间跟您谈两句。不知我们能不能安排见个面,也许哪天在市区里面?"

"哦,我想可以的,没问题。非常方便。但是,呃,有什么事不方便在电话里说吗?"

"我希望还是不要在电话里说的好。不是什么紧急的事。不是我煞有其事,不过,不过我想跟您谈一谈。"

"出什么问题了吗?"汤米说,他不知道为什么他要这么说。为什么应该出事了?

"也算不上。可能是我小题大做了。也许吧。不过,在'煦阳岭'发生了一些很奇怪的事。"

"跟兰卡斯特太太没关系吧,是吗?"汤米问道。

"兰卡斯特太太?"听上去医生很吃惊,"哦,不,她不久前离开了,事实上是在您姨妈去世之前。那是另外一码事。"

"我一直出门在外,刚刚回来。明天上午我给你打电话可以吗,到时我们可以约定时间。"

"好的。我告诉您我的电话号码。十点之前我都在诊所。"

"坏消息?"汤米返回餐厅时,艾伯特问道。

"看在上帝的分上,别乌鸦嘴了,艾伯特。"汤米烦躁地说,"不,当然不是坏消息。"

"我以为太太可能——"

"她没事,"汤米说,"她一向如此。没准她发现了什么线索,追踪去了——你也了解她。我不再为她担心了。把这盘鸡端走吧,你一直放在烤炉里加热,都不能吃了。给我倒点咖啡吧。然后我就去休息了。"

"明天也许会有信。被邮局给耽搁了,你也知道邮局的情况,也许会有她的电报,或者她会打电话。"

但是第二天没有信,没有电话也没有电报。

艾伯特看着汤米欲言又止好几次,他判断得非常正确,自己那令人沮丧的预言不会受到欢迎的。

最后汤米看他可怜,咽了最后一口抹了柑橘酱的面包,喝了口咖啡,将面包咽下去,说道:

"好啦,艾伯特,我先说了,她在哪儿?发生什么事了?对此,我们要怎么做呢?"

"报警吗,先生?"

"我不确定。听我说——"汤米顿了顿。

"如果她出了车祸——"

"她带了驾照,还有很多身份证明,医院会迅速通知这类事的,会和家属取得联系等等。我不想太着急做出判断,她、她也许不愿意我们这么做。你不知道,你完全不知道她去哪里了吗,艾伯特,她什么都没说吗?没说到什么特别的地方,或某个郡,没提到过什么名字吗?"

艾伯特摇摇头。

"她当时情绪如何?高兴?兴奋?难过?担忧?"

艾伯特迅速回答道:

"高兴极了。"

"像嗅到足迹的猎狗。"汤米说。

"没错,先生,您知道,她要是——"

"要是进入状态,让我想一想——"汤米陷入了沉思,没再说话。

他刚刚对艾伯特说,塔彭丝像闻到味道的猎狗那样扑出去的时候,什么东西灵光一现。前天她打电话说要回来,那为什么还没回来?也许,就在这一刻,汤米心想,她正坐在某个地方艰难地对别人说着谎话,因此无法思考其他事。

如果她全神贯注地进行调查,假设他,汤米,冲进警局,像绵羊那样声音颤抖地说自己的妻子失踪了,她会大为恼火的——他能听见塔彭丝喊"你怎么会这么蠢,做出这种事!我能好好照顾自己。这次你该知道了!"(可是她能照顾自己吗?)

没人知道塔彭丝的想象力能把她带到哪里。

陷入危险?迄今为止,这件事还没有任何危险的迹象,除了,如前所述,塔彭丝的想象。

如果他去警局,说他妻子说要回家却没回去——警察会坐在那里,看起来举止得体,却暗自嘲笑他。接着,很有可能的是,他还会以一种委婉的方式问他妻子有没有男性朋友!

"我自己去找她,"汤米断然道,"她一定在某个地方。我不知道在哪——她真是只笨鸟,打电话的时候也不留句话说自己在哪。"

"也许坏人抓走她了——"艾伯特说。

"哦!别天真了,艾伯特,你已经过了胡思乱想的年纪了。"

"您打算怎么做,先生?"

"我要去伦敦,"汤米说,看了眼挂钟,"首先要去我的俱乐部,跟昨晚打电话给我的莫里医生吃个午饭,关于我刚去世的姨妈,他有事要对我说,也许我能从他口中得到有用的线索,毕竟,这件事始于'煦阳岭'。我还要带上卧室壁炉上面的那幅画——"

"您是说您要带到伦敦警察厅?"

"不,"汤米说,"我要带去邦德街。"

## 第十一章 邦德街和莫里医生

### 1

汤米跳下出租车，付了车费，探进身去拿出一件包得十分笨拙的包裹，很明显那是一幅画。他把画紧紧地夹在腋下，走进新雅典人画廊，这是伦敦时间最久远、最重要的画廊之一。

汤米并不热衷于艺术，但他来新雅典人画廊是因为他有个朋友在那里当"司祭"。

只能用"司祭"这个词，因为那里的氛围——产生共鸣的兴趣爱好，低声私语，愉快的微笑。一切都显得高度教会化。

一个金发年轻人从人群中抽身，走了过来，露出似曾相识的明亮笑容。

"您好，汤米，"他说，"好久不见。您胳膊夹的是什么？别跟我说您这么大年纪了又研究起绘画来。很多人都这么做，结果往往很糟。"

"说不准我擅长艺术创作，"汤米说，"我不得不承认，有一天我读了一本小书，它用最简单的术语给五岁的孩子讲述如何用水彩画画，我发现自己被深深地吸引了。"

"您要是打算学的话，请上帝帮忙吧。摩西奶奶①的反例。"

"老实说，罗伯特，我只想向你询问下这幅画的专业意见。我想听听你的看法。"

罗伯特熟练地从汤米手中接过画，巧妙地拆开了笨拙的包装，看得出，他习惯于捆绑或拆解大小不同的艺术品的包装。他拿起画，放置在一把椅子上，凝视着它，接着后退五六步。他将目光转向汤米。

"好啦，"他说，"这幅画怎么了？您想知道什么？您想卖掉它，是吗？"

"不，"汤米说，"我不想卖，罗伯特。我想了解这幅画。首先，我想知道画画的人是谁。"

"其实吧，"罗伯特说，"如果您真想卖，现在还是很有销路的。十年前就不行。但是最近博斯克温又流行起来了。"

"博斯克温？"汤米询问地看着他，"是画家的名字吗？我看到画上签名的首字母是B，但看不到全名。"

"哦，正是博斯克温。二十五年前非常受欢迎的画家。他的画销量很好，办了很多画展。人们买了很多他的画。是位画技精湛的画家。后来，风水轮流转，他过气了。最后，没什么人买他的画了。但是最近，他卷土重来。他，斯蒂奇沃特，还有方德拉。他们都火起来了。"

"博斯克温。"汤米重复道。

"B-o-s-c-o-w-a-n。"罗伯特亲切地说。

"他还在画画吗？"

"没有。他去世了。几年前去世的。那时他已经上了年纪。

---

① 摩西奶奶：安娜·玛丽·摩西，(1860—1961)，大器晚成，在她的晚年成为美国著名和最多产的原始派画家之一。

我想，他去世时有六十五岁了。他是个相当多产的画家。有很多油画分布在各个地方。其实，我们打算四五个月之后在这里为他举办一次画展。我们应该能做好。您为什么对他这么感兴趣？"

"说来话长，"汤米说，"过几天我请你吃午饭，跟你从头说起。这故事又长又复杂，而且真的很蠢。我想知道的就是关于这位博斯克温所有的事情，还有，你是否刚好知道画里的这座房子在什么地方。"

"我一时无法回答您最后一个问题。要知道，他的确画过类似的画。乡下小房子一般都在非常偏僻的地方，有时候是农舍，有时候附近有一两头奶牛，有时候还有农用车，但如果有的话，也是在远处。一幅安静的农村场景。不粗略，也不凌乱。有时候画布表面像珐琅质的。这是种独特的技术，人们很喜欢。他画的很多事物都是在法国，绝大部分在诺曼底。还有教堂。现在我手上就有他的一幅画。稍等，我去给你拿来。"

他走到楼梯口，对下面的人大声说了几句。很快他拿着一幅小油画回来了，将其靠在另外一张椅子上。

"给您，"他说，"诺曼底的教堂。"

"是啊，"汤米说，"我明白了。同类作品。我妻子说那座房子里从没住过人——就是我拿过来的那幅画。现在我明白她的意思了。我想那教堂也从来没人去做礼拜，以后也不会有。"

"哦，也许您妻子看出了一些含义。安静，平静，渺无人迹的建筑。要知道，他不经常画人。有时候会有一两个人，不过非常少见。在某种程度上，我认为这就是那些画的独特魅力。一种遗世独立的感觉。就像他移走了人类，没有人，乡村才会更加宁静。这样一想，也许这就是大众鉴赏品味又转向他的原因。现如今有太多的人，太多的汽车，马路上的噪声也太吵，喧嚣不止。

人们寻求宁静,纯粹的宁静,回归自然。"

"是的,我相信。他是个什么样的人?"

"我并不认识他本人。我出生的时代要晚很多。人们都说他自负,认为也许他的画比他的人要好。可能有点过了。他人很好,很讨人喜欢。对女孩有独到的眼光。"

"那你知道这座房子在什么地方吗?我想是在英国吧。"

"是的,我也这么想。需要帮您查一查吗?"

"可以吗?"

"也许最好的办法就是问问他妻子,他的遗孀。他娶了爱玛·温,一位很有名气的雕塑家。作品不太多,但非常有影响力。您可以去问问她。她住在汉普斯特德[①],我可以给您地址。最近我们经常跟她联络,讨论我们这次举办的她丈夫的画展的问题。我们也有她的一些小型雕塑作品。我去给您拿地址。"

他走到桌前,翻开一本记事本,在一张卡片上匆匆写了几个字,拿着卡片回到汤米这里。

"给,汤米,"他说,"我不知道您有什么惊天大秘密。您一直都很神秘,不是吗?您的这幅博斯克温的画是一部非常棒的代表作,我们很想在画展上使用。到时我再写信提醒您吧。"

"你不认识兰卡斯特太太,是吗?"

"哦,我一时半刻想不起来。她是位画家,还是其他什么艺术家吗?"

"不,我想不是。她只是一位老太太,最近几年住在一家女性养老院里。她之所以跟这件事有关,是因为这幅画原本是她的,后来她把它送给了我的一位姨妈。"

---

[①]汉普斯特德:英国伦敦西北部的旧自治市,现为卡姆登的一部分。

"哦，我觉得这个名字对我来说没有什么意义。您最好去跟博斯克温太太谈一谈。"

"她是个什么样的人呢？"

"应该说，她比他年轻多了。非常有个性。"他点点头，然后再点点头，"没错，非常有个性。您会发现我是对的。"

他拿着画来到楼梯口，让下面的人重新将其包裹一下。

"真不错，你有这么多顺从的手下，随叫随到。"汤米说。

他四处看看，刚开始他都没注意到四周的环境。

"这是你新得的吗？"他有点厌恶地说。

"保罗·贾格罗斯基，年轻有趣的斯拉夫人。据说他的作品都是吸毒后创作的。您不喜欢他吗？"

汤米盯着那幅画，在一片泛着金属光泽的绿地上到处都是扭曲的奶牛，整幅画就像是用一个大网兜网住了一样。

"坦白说，不喜欢。"

"对艺术的无知，"罗伯特说，"走，去吃个午饭吧。"

"不行啊，我要在我的俱乐部里见一位医生。"

"您没生病吧？"

"我的身体好极了，血压正常得让每个给我测量的医生都感到失望。"

"那您见医生做什么呢？"

"哦，"汤米欢快地说，"我去跟医生聊一具尸体。谢谢你的帮忙。再见。"

# 2

汤米带着好奇跟莫里医生打招呼——他猜这次见面是与艾达

姨妈去世相关的正式手续之类的问题，可汤米想不明白究竟为什么莫里医生在电话里怎么都不肯说。

"抱歉，我迟到了，"莫里医生与汤米握了握手，说，"路上太拥堵了，而我也不太认识路，我对伦敦这片区域不太熟悉。"

"抱歉，让你大老远跑到这儿来，"汤米说，"我本来应该跟你约在一个更方便的地方。"

"您现在有时间吗？"

"目前还行。上星期我出门了。"

"是的，我打电话的时候，府上的人也是这么说的。"

汤米指了指一张椅子，叫了一些食物和饮料，把香烟和火柴放在莫里医生身边。两个男人舒舒服服地坐下之后，莫里医生打开了话匣子：

"我相信我挑起了你的好奇心，"他说，"但其实，我们在'煦阳岭'遇到了麻烦。这件事复杂棘手，令人费解。从某种意义上来说，跟您完全没有关系。我没有任何权利让这件事牵扯到您，不过也许您有可能知道一件对我有帮助的事。"

"哦，这个当然，我会尽力而为。是跟我姨妈范肖小姐有关吗？"

"不，没有直接关系，不过在某种意义上，她又有点关系。我可以对您直言不讳吗，贝雷斯福德先生？"

"是的，当然了。"

"事实上，几天前，我跟一个我们两人共同的朋友交谈过。他对我讲述了您的一些事，我猜在上次世界大战的时候，您执行过一些高难度的任务。"

"哦，没那么厉害。"汤米尽量轻描淡写地说道。

"哦不，我完全没意识到这种事不应该拿来谈论。"

"我真觉得那些事现在已经不重要了。战争结束很久了，那时我和我妻子要年轻得多。"

"无论如何，我想跟您说的事情与此无关，但我觉得至少可以跟您坦白地聊一聊。我相信您不会透露我跟您说的事，虽然以后有可能会被公之于众。"

"你是说'煦阳岭'遇到麻烦了？"

"没错。不久前我们的一个病人去世了。穆迪太太。不知您是否见过她，或者您的姨妈跟你提过她。"

"穆迪太太吗？"汤米回忆着，"不，我想没有。至少我不记得。"

"在我们的病人中，她的年纪并不大。她才七十岁出头，也没什么严重的病，只是没有近亲，家里也没有人能照顾她。她属于那种我称之为'老母鸡'的人。女人年纪越大就越像老母鸡。她们咯咯叫着；爱忘事；经常让自己陷入困境，然后担忧不已；有时会莫名兴奋，但其实没有任何问题——严格来说，她们并没有精神障碍。"

"但就是爱咕咕乱叫。"汤米说。

"正如您所说。穆迪太太也是这样。她给护士带来很多麻烦，虽然大家都很喜欢她。她有个习惯，总是忘记自己有没有吃饭，总是嚷嚷着没人给她送饭，实际上她已经享用过美食了。"

"哦，"汤米顿时明白了，说，"是可可太太。"

"您说什么？"

"抱歉，"汤米说，"这是我和我妻子给她取的名字。有一天我们去看望我姨妈，经过走廊的时候，她大声喊着简护士，说她还没有喝可可。她是个长相善良、傻乎乎的小老太太，不过她的举止让我们大笑起来，所以我们就习惯地称她为可可太太。原来她去世了。"

"我并没有为她的去世感到特别惊讶，"莫里医生说，"准确地预见老太太何时去世是不可能的。有的人身体极为糟糕，体检之后你觉得她很难撑过一年，可有时候她又好端端地活了十年。她们生命力顽强，身体上的痛苦并不能将其熄灭。还有些人，身体相当棒，你也许觉得他能长命百岁，却得了支气管炎或者流感，似乎就没有体力恢复，便出人意料地死去了。所以，正如我所说，作为老年女性养老院的医生，这种可以称为突如其来的意外死亡并不会让我惊讶。尽管如此，穆迪太太的死就不一样了。她是在睡梦中去世的，之前没有任何生病的迹象，我不得不有种感觉，她的死是个意外。莎士比亚的戏剧《麦克白》中有句话一直让我很着迷，我想用这句话来形容一下。我一直想弄明白麦克白在谈论到他妻子的时候说的那句话是什么意思：'她反正要死的。'①"

"是的，我记得自己也一度不明白莎士比亚这么写是什么意思，"汤米说，"我不记得我看的那出戏，谁是出品人，谁演的麦克白，不过那句话带着很强烈的暗示意味，麦克白那个角色在某种程度上表明，他暗示过医生，麦克白夫人最好不要再碍手碍脚了。估计是医生明白了其中含义。然后，妻子死的时候，麦克白觉得自己安全了，他觉得她的轻率或快速退化的记忆再也不会伤害到他了。他用一句话表达他对妻子真正的感情和哀思：'她反正要死的。'"

"完全正确。"莫里医生说，"这就是我对穆迪太太的感觉。我感觉她以后会死的，但不是三个星期前那样毫无征兆地死

---

①引自《麦克白》朱生豪译本。

去——"

汤米没有回话。他只是探询地看着医生。

"医生也有解决不了的问题。如果你为病人的死因伤脑筋，只有一种可靠的办法可以证实——验尸。死者家属并不欢迎验尸，但假如医生要求验尸，结果却发现，有很大可能性只是自然死亡，或者只是没有外在症状或迹象的疾病或痼疾，那么这位医生的事业就会因为诊断失误而受到严重影响。"

"我能明白，这肯定很难办。"

"问题在于穆迪太太的亲戚都是远亲。所以我就尽己所能征得她亲属的同意，因为从医学角度来看，了解她的死因是很重要的。当一个病人在睡眠中死去的时候，多增加一些医学知识是非常可取的做法。跟你说，我在信中写得很模糊，这样就不会显得太正式。幸好他们一点都不在意。我感到轻松多了。尸体解剖后，如果一切正常，我就可以问心无愧地出具一份死亡证明了。任何人都有可能死于外行人所说的心脏衰竭。其实，就穆迪太太这个年纪来说，她的心脏状况真的挺好的。她有关节炎、风湿病，偶尔肝脏有点毛病，可这些都不会导致她在睡眠中去世。"

莫里医生停了下来。汤米张张嘴，又闭上了。医生点点头。

"没错，贝雷斯福德先生，你应该知道我接下来要说什么。死因是吗啡过量。"

"天哪！"汤米脱口而出。

"是的。似乎难以置信，但分析结果的确如此。问题是：那些吗啡是怎么进入体内的？她不用吗啡。她的病不会让她疼痛难忍。当然，有三种可能性。也许是她无意中服了吗啡。不太可能。或者她误食别人的药，不过也不太可能。我们不会让病人保留吗啡，也不会接收自己有吗啡的吸毒人士。也许是她有意自杀，但我很难接受这一点。穆迪太太虽然喜欢胡乱担心，却是个非常开朗的人，我很确定她从未想过要结束自己的生命。第三种可能是有人故意把足以致命的过量吗啡分配给她了。但又是谁呢？为什么？自然，帕卡德小姐作为医院的注册护士和院长，完全有资格保管一定数量的吗啡和其他药品，她把它们都锁在一个橱柜里。坐骨神经痛和类风湿关节炎有时候会让人疼痛不已，在这种情况下，吗啡可以偶尔缓解疼痛。我们原本以为可以找到穆迪太太因为护士错发而误食致命剂量的吗啡，或者她误以为吗啡可以治疗消化不良或者失眠的证据。我们发现这两种情况都不可能。在帕卡德小姐的建议下，我也同意她的提议，我们仔细查看了'煦阳岭'最近两年的关于这种情况的死亡记录。这类记录并不多见，这令人高兴。我想总共有七个人，对她们那个年龄的人来说属于正常情况。两人死于气管炎，简单明了；两人死于流感，这是冬季常见的足以致命的疾病——因为她们身体虚弱，抵抗力差。此外还有三个人。"

他顿了顿，又说："那三个人的死因并不能令我信服，至少有两个人的是有问题的。她们的死完全有可能，也并不出人意料，但我还是要说这不太可能发生。经过我的仔细回忆和调查研究，她们并不属于自然死亡。你必须接受这种可能，虽然看上去不太可能，但在'煦阳岭'，有一个人，因为精神方面的原因，是个杀人犯。一个完全没引起怀疑的杀人犯。"

有那么一会儿，两人都沉默不语。汤米叹了口气。

"我并不怀疑你对我所说的话，"他说，"尽管如此，坦白说，似乎令人难以置信。这种事不会真的发生吧。"

"哦不，"莫里医生严肃地说，"的确有这种事。您可以去翻阅一些医学案例。有个做家政服务的女人，她给好几个家庭做过厨娘。她善良、和气，看上去令人愉快，对主人忠心，厨艺一流，喜欢跟主人一家在一起。然而，早晚要出事。往往是一盘三明治，有时候是野餐食物。没有明显动机，但是加了砒霜。三明治中掺杂了两三个有毒的。自然，谁拿到三明治并吃下去纯属偶然，看上去并不存在私人仇怨。有时则不会发生这种悲剧。这个女人在一家住上三四个月，没有生病的迹象。完全没有。然后她又换了一家，在这家，三个星期之后，两个家庭成员在吃过早饭中的熏肉之后死了。所有这些案子发生在英国不同的地区，并且时间间隔也没有规律，警察花了很长时间才抓获她。当然了，每次她都起一个不同的名字，但是有太多讨人喜欢且能干的中年厨娘，很难找到究竟是哪一个。"

"她为什么要这么做？"

"我认为没人知道真正原因。有几种不同的理论，当然包括心理学家的理论。她是个非常虔诚的教徒，似乎某种宗教性精神病让她觉得她是按照神的指示去处理世间的某些人，但是似乎她本人对他们并没有恶意。

"还有一个法国女人，珍妮·戈伯恩，被称为'慈爱天使'。每当邻居的孩子生病，她就会非常难过，都会急忙赶去照顾他们。她全心全意在床边陪着他们。然而过了一段时间，人们发现，她护理的那些孩子永远都不会痊愈；相反，他们都死了。那么为什么呢？事实是，她年轻的时候，自己的孩子死了。她似乎是被悲伤压垮了。也许这就是她犯罪的原因。既然她的孩子死了，那么别的女人的孩子也得死。或者，有人认为，她自己的孩子也是其中一个受害者。"

"你让我的脊背凉透了。"汤米说。

"我说的都是一些极为夸张的例子，"医生说，"可能会有比这些更为简单的案子。您记得阿姆斯特朗的案子吗？不管什么人以什么方式触犯或者侮辱他，或者，甚至只要他认为别人欺负了他，这个人就会立即被请过去喝茶，吃有砒霜的三明治。他易怒且过于敏感。他第一次犯罪显然只是为了私人利益，继承钱财。他除掉了妻子，为了能跟另一个女人结婚。

"还有一个护士华瑞娜，她开了一家养老院。老人把全部身家都交给她，便可以得到保证，舒舒服服享受老年生活，直到去世，但死亡很快就来了。同样用的是吗啡——她是个非常好心的女人，但无所顾忌。我想，她认为自己是施恩者。"

"如果你的推测是真的，你认为谁可能是凶手？"

"不知道。看上去没什么线索。如果认为凶手可能不正常，那么这种不正常的临床表现非常难以辨认。我们能说，是一个不喜欢老年人、被老年人伤害过、生活被老人毁了，他或她自己这么认为的某个人？或者有没有可能，有人对安乐死有自己的看法，认为超过六十岁的人就应该被仁慈地杀掉。当然，任何人都可能是凶手。病人？员工之一——护士或者帮佣的人？

"我曾经就这个问题跟负责养老院的米莉森特·帕卡德详细地讨论过。她是个工作非常高效的女人，精明、务实，对那里的老人和手下的员工监管得很到位。她坚持说她不怀疑任何人，也没有任何线索。而我相信她说的是真话。"

"但你为什么要找我呢？我能做什么？"

"您的姨妈范肖小姐在那里住了很多年——她的心智很强大，虽然她经常装糊涂。她喜欢用假装衰老这种奇特的方式自娱自乐，但其实她心里一清二楚。我想让您试一试，贝雷斯福德先生，努力想一想，您和您妻子，你们能否回忆起范肖小姐说过什么话或暗示过什么，也许能为我们提供些线索。她看到或注意到的事,或者别人跟她说过什么,或者她自己觉得古怪的事。老太太会察觉到很多事,像范肖小姐那么精明的人会了解很多发生在'煦阳岭'的事。这些老太太很闲,你知道,她们活着的所有时间都用来观察四周并得出推论,甚至草草得出结论,这似乎很离奇,但有时候,让人惊讶的是,这些结论完全正确。"

汤米摇摇头。

"我懂你的意思,但我不记得有这一类的事。"

"我想,您妻子不在家吧。您觉得她也许会记得一些您没注意到的事情吗?"

"我会问问她的,但我怀疑她也不知道。"他犹豫了一下,然后下定决心地说,"听我说,有件事让我妻子很困扰,关于一位老太太,兰卡斯特太太。"

"兰卡斯特太太?怎么了?"

"我妻子有种观点,觉得兰卡斯特太太被她所谓亲属带走这件事太过突然。事实上,兰卡斯特太太曾经送给我姨妈一幅画,而我妻子觉得她应该把画归还给兰卡斯特太太,所以她试着跟她联系,想知道兰卡斯特太太是否想把画收回去。"

"哦,贝雷斯福德太太考虑得真是周到。"

"只是她发现很难联系到那位太太。她找到一个旅馆的地址,他们,兰卡斯特太太和她的亲戚,预计会在那里待上几天,可是根本没有叫这个名字的人在那里住过,也没有订过房间。"

"哦?太奇怪了。"

"没错。塔彭丝也认为很古怪。他们没有给'煦阳岭'留下其他转寄地址。其实,我们尝试了好多次,想跟兰卡斯特太太或者那位约翰逊太太(我想是这个名字)取得联系,可根本联系不到她们。有一位律师,我想是他支付了所有款项,是他跟帕卡德小姐安排了所有的事情,我们跟他取得了联系。但他也只能提供给我银行的地址。而银行,"汤米冷淡地说,"是不会给你提供任何消息的。"

"我同意,但如果客户提出要求的话,银行也会提供信息。"

"我妻子给兰卡斯特太太写了信,经由银行转交,也给约翰逊太太写信,但她从未回复过。"

"看上去有些不寻常。不过,人们也不是有信必回。也许她们去国外了。"

"很可能是这样,我并不担心。但这却困扰着我的妻子。似乎她坚信兰卡斯特太太出事了。其实,在我离家的这段时间,她说她要去进一步调查,我不知道她到底打算怎么做,也许亲自去看看那家旅馆,或者银行,或去律师那里找找看。不管怎样她打算去试试,得到更多信息。"

莫里医生礼貌地看着他,但神情中透出一些不耐烦。

"她到底是怎么想的呢——"

"她认为兰卡斯特太太处于危险中,甚至可能出事了。"

医生扬了扬眉毛。

"哦!真的吗,我从没这么想——"

"也许你觉得很傻,"汤米说,"但我妻子打电话说她昨晚就会回来,现在她还没到家。"

"她很明确地说她要回来吗?"

"是的。她知道我结束会议后要回家了,所以她给我们的管家艾伯特打电话,说她回来吃晚饭。"

"而您觉得她不可能反悔?"莫里医生说,现在他看汤米的眼神已经透露出一些兴趣了。

"是的,"汤米说,"塔彭丝绝不可能是这样的人。如果她被什么耽搁,或者改变计划,她会再打个电话或者发电报的。"

"所以您很担心她?"

"是啊。"汤米说。

"啊,您找过警方吗?"

"没有。"汤米说,"警察会怎么想?似乎我并没有什么理由认定她遇到了麻烦或者危险,或者其他事。我是说,如果她出了车祸或者住进医院之类的,有人会很快通知我的,不是吗?"

"我得说,是的,没错,如果她随身带着任何身份证明的话。"

"她应该带了驾照。也许还有信或者其他东西。"

莫里医生皱起了眉头。

汤米飞快地继续说着:

"而现在你来了,说了'煦阳岭'这么多事,有人在不该死的时候死掉了。假设这位老人发现了什么,看到什么或者起了疑心,开始到处唠叨,那就应该用某种方式让她闭嘴,所以她很快被人带走了,被带到了某个不会被人发现的地方。我不禁觉得整件事在某种程度上有所关联——"

"奇怪,确实奇怪,接下来您打算怎么办?"

"我要亲自去调查一下,首先去找找这些律师,他们也许没有问题,不过我还是想去看看,得出我自己的结论。"

## 第十二章　汤米会见老朋友

### 1

站在马路对面，汤米打量着"帕丁戴尔、哈里斯、洛克瑞奇及帕丁戴尔先生"公司的店面。

这家公司看上去非常体面，整体透着一种古典的气息。黄铜牌十分老旧，但擦得锃亮。他穿过马路，推开旋转门，迎接他的是隐隐传来的打字机的全速打字声。

他走到右手边一扇敞开的红木窗口前，上面挂着写有"问询处"的牌子。

里面是个小房间，三个女人正在打字，两个男职员伏在办公桌上抄写文件。

屋里有股淡淡的霉味，带着明显的法律气息。

一个三十五岁上下的女人，表情严肃，一头淡黄色的头发，戴着夹鼻眼镜。她从打字机前面站起身，来到窗口。

"请问有什么事吗？"

"我想见艾克尔斯先生。"

女人的表情更加凝重了。

"您有预约吗？"

"恐怕没有。我今天刚好路过伦敦。"

"恐怕今天上午艾克尔斯先生很忙。也许公司另外一位——"

"我就是想见艾克尔斯先生。我跟他通过信件。"

"哦,我明白了。请问您贵姓?"

汤米递上印有自己的名字和地址的名片,金发女人折回办公桌前打了个电话。低声说了几句之后,她回到窗边。

"会有人带您去等候室,艾克尔斯先生十分钟之后会跟您见面。"

汤米被领到等候室。书架上摆着古老且笨重的法律书籍,圆桌上堆满了各种各样的金融报纸。汤米坐在那里,在脑子里重温了一遍他计划好的谈话方式。他在想艾克尔斯先生是个什么样的人。终于,他被带进办公室,艾克尔斯先生在书桌后站起身欢迎他。没有什么特别的原因,他不喜欢艾克尔斯先生。他也不知道原因,似乎没有充分的理由不喜欢他。艾克尔斯先生在四十岁到五十岁之间,鬓角的灰色头发显得有些稀疏。他有一张忧伤的长脸,表情木讷,眼睛光芒四射,令人甚为愉快的微笑不时会打破他脸上自带的那种忧愁。

"贝雷斯福德先生吗?"

"是的。其实是件微不足道的事,但我妻子一直很担心。我记得她给您写过信,或者也许她给您打过电话,问您是否可以告诉她兰卡斯特太太的地址。"

"兰卡斯特太太。"艾克尔斯先生说,仍然面无表情。这甚至都不是个问题,他只是让这个名字悬挂在空中。

"一个谨慎的人,"汤米心想,"但谨慎是律师的第二天性。事实上,如果有人拥有自己的私人律师,那么那人一定更希望他们保持谨慎。"

他继续说道:"直到最近她都生活在一个叫'煦阳岭'的地

方,一家养老院,那里很棒,专门面向老年女性。其实,我的一位姨妈也在那里住过,她过得非常开心舒适。"

"哦是,当然了,当然了。我想起来了。兰卡斯特太太。我想,她已经不住在那里了吧?是这样吗?"

"是的。"汤米说。

"我一时记不太清——"他一只手伸向了电话,"我只要回忆一下。"

"我可以简单地跟你说一下,"汤米说,"我妻子想要兰卡斯特太太的地址,因为她偶然得到了一件原本属于兰卡斯特太太的东西。事实上是一幅画,是兰卡斯特太太送给我姨妈范肖小姐作礼物的画。我姨妈最近去世了,她的几件东西都由我们保存,其中就包括兰卡斯特太太送给她的那幅画。我妻子十分喜爱那画,但她觉得很内疚。她认为也许兰卡斯特太太也很珍视那幅画,如果是那样的话,她觉得自己应该物归原主。"

"啊,我明白了,"艾克尔斯先生说,"您妻子考虑真是周到,我相信这一点。"

"谁也不知道,"汤米面带愉快的微笑,说道,"老年人对他们自己的东西有什么感情。既然我姨妈欣赏那幅画,那她也许很高兴送给她。不过我姨妈接受了这件礼物后不久就去世了,也许这幅画留给陌生人有点不太公平。画没有标题,画的是乡下某个地方的一座房子。我所知道的就是,也许是跟兰卡斯特太太有关系的一座家庭住房。"

"很有可能,很有可能,"艾克尔斯先生说,"但我不认为——"

一声敲门声,门开了。一位职员走了进来,把一张纸放在艾克尔斯面前的桌子上。艾克尔斯先生低头看了看。

"啊，没错，我想起来了。是的，我相信——"他低头扫了眼桌上汤米的名片，"贝雷斯福德太太打过电话，跟我说了几句话。我建议她去联系南方银行的哈默尔史密斯分行。我也只知道这个地址。收信地址是银行地址，由理查德·约翰逊太太转交。我相信，约翰逊太太是兰卡斯特太太的一位远房侄女，是她跟我一起办理的所有手续，让兰卡斯特太太住在'煦阳岭'的。她要求我对这家养老院进行充分调查，因为她也只是偶然从一个朋友那儿听到这家机构的。我向您保证，我们调查得很仔细。那是一家非常好的养老院，我相信约翰逊太太的亲戚兰卡斯特太太那几年在那里过得很幸福。"

"然而她突然离开了。"汤米提示道。

"是的，是的，我想是的。似乎最近约翰逊太太出人意料地从东非回到英国了。很多人都跟她一样！我相信她和她丈夫在肯尼亚住了很多年。他们做了很多新的安排，感觉能够亲自照料他们这位上了年纪的亲戚。恐怕我不知道约翰逊太太现在人在何处。我收到过她的一封表示感谢的信，还付清了欠款，并说如果需要联系她的话，我可以让银行来转寄信件，因为她还没决定她和丈夫最终会在哪里住下来。贝雷斯福德先生，恐怕我知道的也就这么多了。"

他态度温和但坚决，没有表现出任何窘迫或者不安。但他坚决的语气是很明确的。接着他缓和了一些，表情也温和了一点。

"我觉得真的不需要担心，贝雷斯福德先生，"他安慰地说，"或者，不应该让您的妻子担心。我相信，兰卡斯特太太上了年纪，又健忘，也许她早就将那幅画忘得一干二净了。我相信，她七十五六岁了。要知道，这个年纪的人很容易忘事的。"

"您见过她吗？"

"不，我从没见过她。"

"但您认识约翰逊太太？"

"她偶尔过来找我咨询手续的时候见过。她看上去是个和气、认真而有条理的女人，安排事情很有效率。"他站起身，说，"很抱歉我帮不了您，贝雷斯福德先生。"

温和但坚决的逐客令。

汤米走到布鲁姆斯伯里大街，环顾四周，想找辆出租车。他提着的包裹虽然不重，但块头不小。他抬起头看了看自己刚刚离开的那座建筑物。极为体面，历史悠久，你找不到它的毛病，"帕丁戴尔、哈里斯、洛克瑞奇及帕丁戴尔先生"公司也没有任何明显的问题，艾克尔斯先生也没问题，没有惊慌或丧气的迹象，也没有躲闪或不安。汤米郁闷地想道，按照书里的逻辑，如果提到兰卡斯特太太或者约翰逊太太，他应该会因为自知有愧而大吃一惊，或眼神鬼鬼祟祟的。这都表明那个名字是被记在心中的，其中一定有鬼。小说里的事似乎没有在现实生活中发生。艾克尔斯先生看上去是个非常礼貌的人，所以汤米刚才的询问虽然浪费了他的时间，但他并没有生气。

尽管如此，汤米还是暗自想道：我不喜欢艾克尔斯先生。他回忆起一些模糊的往事，出于某种原因而不喜欢某个人。那些直觉，只是直觉而已，经常都是对的。不过也许事情更为简单。如果你跟很多人都打过交道，你就会对人产生一种感觉，就像在专家测验和鉴定之前，有经验的古董商就可以依靠本能，从品位、外表和触感上判断出是否是赝品。事情就是不对劲，那幅画也一样。那个感觉就像银行出纳员收到了一张造假技术一流的支票。

"他的话没什么问题，"汤米心想，"他看上去没问题，他说起话来也没问题，但尽管如此——"他疯狂地朝一辆出租车挥手，但司机直直地、冷冷地看了他一眼，加快速度，开走了。"猪猡。"汤米心想。

他在街上左看右看，想找到一辆礼貌一点的出租车。马路上人流如织，大多行色匆匆，有几个人闲庭信步，还有一个人凝视着街对面的一块黄铜牌。仔细观察之后，那个人转过身，汤米的眼睛睁大了。他认识那张脸。他看着那个人走到街尽头，停住脚步，转身走了回来。有人从汤米身后的楼里走了出来，与此同时，街道对面的那个人加快脚步，仍然走在大街的另一端，但与走出来的那个人保持同步。那个从"帕丁戴尔、哈里斯、洛克瑞奇及帕丁戴尔先生"公司出来的人，汤米心想，从他渐渐远去的背影来看，几乎可以确定就是艾克尔斯先生。就在这时，一辆缓慢行驶的出租车开了过来，引起了汤米的注意。汤米举起手，出租车停了下来，汤米打开车门钻了进去。

"去哪儿？"

汤米迟疑片刻，看看自己的包裹。正要说地址的时候，他改变了主意，说道："里昂街十四号。"

一刻钟之后他到达目的地。付过车钱之后，他按了按门铃，要求见艾弗·史密斯。当他走进位于三楼的一个房间时，坐在临窗桌子旁边的一个人转过身，有点诧异地说：

"你好，汤米，没想到会见到你。好久不见。你来这儿做什么呢？只是乘车到处看望老朋友吗？"

"没那种好事，艾弗。"

"我猜你是开完会要回家吧。"

"没错。"

"我猜，又是在高谈阔论？什么结论也推导不出来，什么有用的话也没有。"

"非常正确。纯粹浪费时间。"

"大部分时间都在听博吉·沃德克胡言乱语,真令人讨厌。一年不如一年啊。"

"哦,咳——"

汤米坐在推给他的椅子里,抽完一支香烟,说道:"我只是想知道,这是个不太会成功的尝试——你是否知道'帕丁戴尔、哈里斯、洛克瑞奇及帕丁戴尔先生'公司的一个律师,关于一个叫艾克尔斯的人的一些恶行?"

"哎呀。"叫艾弗·史密斯的人说。他抬了抬眉毛。抬眉毛这个举动对他来说轻而易举,两条眉毛靠近鼻子的一边上挑,靠近颧骨的一边下垂,角度甚为惊人。这让他看上去像是受到了强烈的冲击,但其实这只是他常见的表情。"你在什么地方偶遇艾克尔斯了?"

"问题在于,"汤米说,"我对他一无所知。"

"而你想了解了解他?"

"是的。"

"唔。你为什么来找我呢?"

"我在外面看见安德森了。我好久没见过他了,但我认了出来。他正在监视什么人。不管那人是谁,反正是我刚从里面出来的那座楼里的人。楼里有两家律师事务所,一家会计事务所。当然,可能是它们中任何一家的任何一个员工。但一个人沿着马路走了出来,我看着像是艾克尔斯。而我想知道会不会这么幸运,安德森监视的那个人是不是艾克尔斯先生。"

"唔。"艾弗·史密斯说,"好吧,汤米,你的猜测向来都是正确的。"

"艾克尔斯是什么人?"

"你不知道吗?一点也不知道?"

"我什么都不知道。"汤米说,"长话短说,我去找他问一些关于最近刚离开养老院的一位老太太的事。受到委托安排她的事务的律师就是艾克尔斯先生。他办事极为得体且高效。我想要她目前的地址。他说他没有。很可能他没有……但我表示怀疑。他是我手头能找到她下落的唯一线索。"

"你想找到她?"

"对。"

"我认为我可能帮不上你什么忙。艾克尔斯是个受人尊敬的可靠律师,收入颇丰,有很多尊贵的客户,包括乡村贵族、职业人员、退役军人及海员、上将及海军司令。他的名望高到了极点。从你所说的话中,我能猜到他对自己的律师工作要求非常严格。"

"但是你们——对他感兴趣。"汤米提醒道。

"没错,我们对詹姆斯·艾克尔斯先生非常感兴趣。"他叹口气,"我们从六年前就开始关注他,一直没有太大进展。"

"真有意思。"汤米说,"我再问你一次,艾克尔斯先生是什么人?"

"你的意思是我们怀疑艾克尔斯是什么人吗?这个嘛,简言之,我们怀疑他是这个国家有组织犯罪活动最大的智囊团的成员之一。"

"有组织犯罪活动?"

"没错。没有特务和刺客。没有间谍活动,没有反间谍活动。没有。只是犯罪活动。根据我们现在掌握的情况,他从未实施过犯罪行为,从未偷窃、伪造或挪用基金。我们没有任何对他不利的证据。但尽管如此,每当大规模的有计划有组织的抢劫发生,我们发现,其背后都有艾克尔斯先生,但他的生活一清二白。"

"六年。"汤米若有所思地说。

"甚至还要久。弄清楚他们的行为模式是需要一些时间的。抢劫银行、私人珠宝,所有这些活动都涉及数目庞大的金钱。这些案件都遵循一种固定的套路,这不禁让人想到是同一个人策划的。直接指挥和执行的人并没有任何计划可言,并不知道要去哪里、做什么——他们只是依计行事,从来不用费脑子去想。另有其人出谋划策。"

"是什么让你怀疑到艾克尔斯的?"

艾弗·史密斯沉思着摇了摇头。"说来话长。他认识很多人,有很多朋友。有些是和他一起打高尔夫球的朋友,有些是替他维修汽车的,还有他委托的股票经纪人。他对一些经营活动无可指摘的公司很有兴趣。犯罪计划越来越清晰,但他所参与的部分仍然不甚明了,除了在一些特定场合他有明显的不在场证明。一起大型银行抢劫案计划巧妙(可以说不惜工本),包括撤退路线等其他步骤,但是,案发时,艾克尔斯先生人在哪儿?蒙特卡洛或苏黎世,甚至可能在挪威钓鲑鱼。你可以十分肯定,艾克尔斯先生从来不会在案发现场一百英里之内。"

"但你们还是怀疑他?"

"哦,是的。我非常确定。但我不知道我们能否抓住他。打昏夜间值班的警卫人员的人,一开始就参与其中的内部出纳员,提供信息的银行经理人,所有人都不认识艾克尔斯,也许他们从来没见过他。他们的网线拉得太长,似乎每个人只知道跟自己直接相关的那个人。"

"有效而老套的基层组织方式?"

"差不多吧,但还是有所创新。总有一天我们会抓住机会的。不应该知道内情的人知道了某些事,这些事也许没头没脑、微不足道,但说来也奇怪,它们最终会成为证据。"

"他结婚了吗?组建家庭了吗?"

"没有,他从不冒这种风险。他一个人生活,有一个管家、一个园丁和一个贴身男仆。他接人待物很有分寸、令人愉快,我敢发誓,出入他家的客人全都无可怀疑。"

"没人发财吗?"

"你提出的这个观点非常好,托马斯。应该有人发横财。可这种情况的安排也非常聪明。在马场赢钱,投资股票,这些事都很自然,风险越大赚得也越多,而且表面上看都是正当交易。很多钱都存在国外,不同的国家和地区。这些交易数目庞大、范围广泛,而且钱一直是流动的,从一个地方到另一个地方。"

"好吧,"汤米说,"祝你好运。希望你能抓住你要的人。"

"我想我会的,总有一天,你知道。如果有人能打破他的常规,还是有希望的。"

"用什么方法?"

"危险。"艾弗说,"让他觉得自己有危险了。让他觉得有人找他的麻烦,让他不安。如果你让一个人不安,他也许会做些傻事,他可能会出错。要知道,这就是你抓住他把柄的方法。假设有这么一个最聪明的人,他有出色的计划,从不犯错,用一件小事烦扰他,那他就会犯错误。我就是这么希望的。现在,让我听听你的故事。也许你知道一些有帮助的事。"

"恐怕跟犯罪无关,微不足道。"

"哎呀,说说嘛。"虽然是些琐碎小事,但汤米的讲述并没有删繁就简。他知道艾弗不是一个轻视小事的人。的确，艾弗直接切入要点，指出了汤米来伦敦的目的。

"所以你说你的妻子不见了？"

"这不像她。"

"情况很严重。"

"对我来说十分严重。"

"可以想象。我只见过你妻子一次。她很机敏。"

"如果她想追查什么事，就会像嗅到气味的猎狗。"托马斯说。

"你还没报警？"

"没有。"

"为什么不报？"

"唉，首先因为我不相信她会有什么事。塔彭丝一直都很安全。只要兔子现身，她就会全力追赶。也许她没时间联系我。"

"唔，我看形势不太好。你说她在找一座房子？有点意思，因为在我们追踪的一些零星线索中，顺便提一句，有用的并不多，其中有一条就是房产代理公司。"

"房产代理公司？"汤米一脸惊讶。

"是的。一家不错而寻常的房产代理公司，分布在英国不同地区的乡村小城镇里。艾克尔斯先生的公司跟房产代理公司在业务上有不少往来。有时候他是买家的代表律师，有时候则代表卖方。他代表客户委托了很多家房产代理公司。有时候我们很想知道为什么。你瞧，全都没什么利益可图——"

"但你觉得可能意味着什么或者会引发什么？"

"哦，如果你记得几年前的伦敦南方银行大劫案。在村子里有座房子，一座孤零零的房子。那里就是劫匪聚集地。在那里他们并不惹人注意，但是赃物可以藏在那里。附近的人开始传出关于他们的闲话，不知道三更半夜进出房子的都是什么人。各种各样的汽车在深夜开进来又开出去。村里的人们对这些人非常好奇。果然不出所料，警察搜查了那个地方，查获了一些赃款，逮捕了三个人，其中一个被认了出来，并确认了身份。"

"那么，这对你们有没有帮助呢？"

"没多大帮助。那些人什么也不说，他们有很好的辩护律师。结果他们被判长期在狱中服刑，但一年半之内他们就都出来了，营救过程非常巧妙。"

"我好像在报纸上读到过。有个人被两个狱警带到了刑事法庭，却从那里逃脱了。"

"没错。非常巧妙的安排，而且为他们的逃跑花费了很大一笔钱。

"但是我们认为负责管理工作的人意识到自己犯了个错误——占据一座房子的时间太久，引起当地人的好奇。也许有人认为最好住在不同的地方，比如，不同地区的三十座房子。有人去买了一座房子，母亲和儿子，一个寡妇，或者退役军官和他的妻子，都是安静稳重的人。他们把房子稍微装修一番，找一家当地的装修商修理下水管，或者请一些来自伦敦的公司装修一下；接着，一年或者一年半之后，出现了一个契机，房主卖掉房子，去国外居住了。情况大致如此。一切都很自然，令人满意。在他们居住期间，也许房子被用于不寻常的目的。但没人怀疑这种事。会有朋友来看望他们，但并不频繁，只是偶尔过来。也许在某个晚上，一对中年夫妇或老年夫妇举行结婚周年纪念派对，也许是为子女成年举办晚会。很多车进进出出。比如，半年内发生五起重大抢劫案，每次抢劫来的钱都被运到乡下五个不同区域中五座不同的房子里藏起来,而非在同一座房子里。这只是我们的猜测,亲爱的汤米,但我们正在调查。要是你说的那位老太太送出去的那幅画是那座特定的房子,而且假设那房子是你太太之前在哪儿见过的,然后急急忙忙去调查了。然后假设有人不想那座房子被调查,这样也许就联系起来了。"

"太牵强了。"

"是啊,我同意。但我们生活的这个时代本身就很牵强,在我们这个世界,不可思议的事的确会发生。"

## 2

汤米有些疲惫地从搭乘的第四辆出租车上走下来,四处打量他所处的环境。出租车把他丢在一条小小的、仿佛从汉普斯特德荒野冒出来的死胡同里。这条死胡同似乎是某种艺术的开发产物。每座房子都与紧邻的房子大相径庭。他要去的这座房子貌似是一间屋顶有天窗的大画室,紧贴着它(就像是有脓肿的牙龈)一侧的是三间小房间。刷成亮绿色的、梯子般的楼梯搭在房子的外墙上。汤米推开小门,走上一条小路,来到门前,但是没看到门铃,于是他便叩了叩门环。没有应答。他等了一会儿,又叩了叩门环,这次稍微用了点力。

门突然开了,他几乎向后跌倒。门口站着一个女人。乍看之下汤米觉得这是他见过的最平常的女人。她的脸大而平,像个煎饼,两只大大的眼睛一只绿色一只棕色,令人难以置信。宽宽的额头上像灌木丛一样直立着一簇乱发。她穿了件紫色罩衫,上面有斑驳的泥点。汤米注意到她开门的那只手骨架优美之至。

"哦,"她说,嗓音低沉,极为迷人,"有事吗?我很忙。"

"是博斯克温太太吗?"

"是的。你想做什么?"

"我叫贝雷斯福德。不知是否能跟你谈一谈。"

"看情况。说真的,必须谈吗?有什么事?关于一幅画的吗?"她看到他胳膊下面夹的东西。

"是的。跟您丈夫的一幅画有关。"

"你想卖吗?我有很多他的画。我不想再买了。把它带去某个画廊之类的地方吧。现在人们开始买他的画了。你看上去似乎并不需要卖画谋生。"

"哦不,我不想卖什么东西。"

汤米觉得跟这个不寻常的女人说话极其困难。虽然她的眼睛并不协调,不过很漂亮,现在,它们望着他身后的街道,似乎对远处的什么东西有某种特别的兴趣。

"抱歉,"汤米说,"希望您能让我进屋。这很难解释。"

"如果你是画家,我不想跟你讲话。"博斯克温太太说,"我觉得画家总是很无聊。"

"我不是画家。"

"哦,当然,你看上去不像。"她斜着眼睛上下打量着他,"你看上去更像一个公务员。"她语气中透着厌恶。

"我能进去吗,博斯克温太太?"

"我不确定。等等。"

她猛地关上门。汤米等在外面。大约四分钟之后,门再次打开。

"好了,"她说,"你可以进来。"

她带他穿过门厅,爬上一段狭窄的楼梯,走进大画室。角落里是一座雕像,旁边放着各种工具,锤子和凿子,还有一颗黏土脑袋。整个地方看上去就像刚刚被一群匪徒洗劫过一样。

"这里没地方可坐。"博斯克温太太说。

她把一张木凳子上的东西扔到一边,将凳子推到他面前。

"坐这儿说吧。"

"很感谢您让我进来。"

"确实该感谢,但你看上去很不安。你在担心什么事,是吗?"

"是的。"

"我想也是。那么你在担心什么?"

"我妻子。"汤米对自己的答案感到吃惊。

"哦,担心你妻子?这个嘛,没什么奇怪的。男人总是担心他们的妻子。怎么了?她跟别人跑了还是在故意逗你?"

"不,不是那样的。"

"快死了?癌症?"

"不是,"汤米说,"只是我不知道现在她在哪儿。"

"你觉得我知道?那你最好告诉我她的名字和特征,如果你认为我能帮你找到她。跟你说,我也不确定,"博斯克温太太说,"我不确定自己愿意这么做。提醒你一下。"

"感谢上帝,"汤米说,"你比我想象中更容易沟通。"

"这幅画跟这件事有什么关系?这是幅画,对吧?肯定是,看那个形状。"

汤米打开包裹。

"这是一幅有你丈夫签名的画,"汤米说,"我想让你讲讲跟它有关的事。"

"明白了。你想知道些什么?"

"画画的时间和地点。"

博斯克温太太看着他,那双眼睛里第一次流露出淡淡的兴趣。

"这个嘛,倒也不难。"她说,"是的,我可以跟你讲一讲这幅画。大概是十五年前画的,不,我想时间远比这久。是他早期的作品之一。应该说,是二十年前。"

"您知道它在哪里?我是说,地点?"

"哦是的,我记得很清楚。一幅好画。我一直很喜欢。那里有座小拱桥,还有座房子,那地方名叫萨顿钱塞勒。距离马克巴桑镇七八英里。这座房子离萨顿钱塞勒一英里到两英里。风景优美,人迹罕至。"

她站起身来,走到画前,俯下身,仔细地盯着。

"奇怪。"她说,"没错,真奇怪。我真搞不懂。"

汤米没怎么在意她的话。

"那座房子叫什么?"他问道。

"我记不太清楚。它改过名字,好几次。我也不知道为什么。也许是因为那里发生过几件惨事,于是后来搬进去的人给它改了名字。曾经叫'运河小屋'或是'运河畔'。后来又叫'桥边小屋',然后是'梅多塞德'或者还叫'河畔'。"

"谁在那儿住过?或者,现在住着谁?你知道吗?"

"我不知道。我第一次见到它的时候,一个男人和一个姑娘住在里面。他们经常去那里度周末。我想他们不是夫妻。女孩是个舞蹈家,也可能是个演员,不,我想是个舞蹈家。跳芭蕾舞。她很漂亮,但不怎么说话,头脑简单,几近愚笨。我记得威廉对她很温柔。"

"他为她画过像吗?"

"没有。他不怎么画人像。他常说有时候他想为人们画素描,但他从来没画过。他每次见了姑娘都傻乎乎的。"

"您丈夫画这幅画的时候，就是这些人住在那里吗？"

"是的，我想是。至少有一部分时间住在那里。他们只在周末过去。后来他们分手了，我想是吵架了。不是他走了，离开了她；就是她走了，丢下了他。那时我并不在那里。我正在考文垂创作一组雕像。之后，我想那里只住了一个家庭女教师和一个孩子。我不知道那个孩子是谁，或者她从哪里来，但我猜家庭女教师负责照顾她。接着我想是那个孩子出了什么事，可能是女老师把她带走了，或者她死了。为什么你想知道二十年前住在那里的人的事？在我看来这很傻。"

"我想知道跟这座房子有关的事，"汤米说，"你瞧，我妻子去找那座房子了。她说她在某列火车上见过它。"

"没错，"博斯克温太太说，"铁路线刚好经过桥的另一边，我想，从火车上能看得非常清楚。"然后她又说，"为什么她想找到那座房子？"

汤米简要地解释了一番。她怀疑地看着他。

"你不是从精神病医院之类的地方跑出来的吧？"博斯克温太太说，"假释还是什么。"

"我想我的话听上去肯定有点疯癫，"汤米说，"但事情真的很简单。我妻子想要了解一下这座房子，所以她就尝试着乘坐各种火车，看看自己是在哪里见到它的。我想她的确找到了，而且她去了这个地方——什么钱塞勒？"

"萨顿钱塞勒，没错。以前是个弹丸之地。当然现在它已经有了很大发展，甚至是新兴的郊外住宅区之一。"

"我想，发展成什么都有可能。"汤米说，"她打电话说要回来，但却没有。所以我想知道她出什么事了。她是去调查那座房子了，也许，也许她遇到危险了。"

"那座房子有什么危险的?"

"我不知道,"汤米说,"我们两人都不知道。我甚至从未想过它有什么危险的,但我妻子不这么想。"

"第六感?"

"也许吧。她有点那种感觉,预感之类的。二十年前或者最近一个月,你有没有听过一位兰卡斯特太太?"

"兰卡斯特太太?不,我想没有。这类名字应该能让人记住,对吧?没有。兰卡斯特太太怎么了?"

"她是这幅画的拥有人。作为一种友好的表示,她把这幅画送给了我的一位姨妈。之后她极为突然地离开了养老院。她的亲戚把她带走了。我试着查找她的下落,但并不容易。"

"想象力丰富的那个人是谁,你还是你妻子?恕我直言,您似乎想出了很多事,而且处于混乱状态。"

"哦,没错,您可以这么说,"汤米说,"处于混乱状态,并且都是无中生有。您是这个意思,对吗?我认为您说得很对。"

"不,"博斯克温太太说,她的声音发生了轻微的改变,"我并不是说你无中生有。"

汤米探询地看着她。

"这幅画有个奇怪之处,"博斯克温太太说,"很奇怪。要知道,我记得很清楚。我能记得威廉绝大部分的画作,虽然他画了很多幅画。"

"您记得它被卖给了谁,如果被卖掉的话?"

"不,我不记得。我想它是被卖掉了。有一大批画在他的一次画展中被卖了出去。有的比这幅画早创作三四年,有的则晚一两年。很多画都卖掉了,几乎都卖了。但我现在不记得买主是谁了。你这问题太难了。"

"非常感谢您告诉我这么多事。"

"你还没问我为什么我说那幅画有点怪。你带来的那幅画。"

"您是说它不是您丈夫的作品?是别人画的?"

"哦不,是威廉画的。'运河边的房子',我记得在目录里他起了这个名字。但它跟以前的不一样,哪里不对劲。"

"怎么不对劲?"

博斯克温太太伸出一只粘了黏土的手指,戳了戳横跨运河的小桥下面的一个地方。

"这里,"她说,"你看到了吗?桥的下面拴着一只小船,对吧?"

"是啊。"汤米困惑地说。

"嗯,以前没有这条船,我最后一次见到这幅画的时候还没有呢。威廉从来没画过那条船。上次展出的时候,这里什么船也没有。"

"您是说是其他人,而不是您丈夫后来画了这条船?"

"没错。奇怪,对吧?我不知道为什么。一开始,我看到在原本没有船的地方画了一条船,便觉得吃惊,后来,我看得很明白,那不是威廉画的。他从来没画过。是其他人画上去的。不知道是谁。"

她看看汤米。

"而且,为什么?"

汤米回答不出来。他看着博斯克温太太。他的艾达姨妈肯定会说她是个疯女人,但汤米不这么想。她说话含糊不清,从一个话题突兀地跳到另外一个话题,她说的事跟她一分钟前说的话几乎毫无关系。汤米心想,她知之甚多却告之甚少。她深爱她的丈夫,还是嫉妒她的丈夫,或是轻视她的丈夫?根据她的言行举止，或者确切地说，根据她的言语，找不到一丝线索。但他有种感觉，拴在桥下的小船让她很不自在。她不喜欢那只船。突然，他怀疑她说的是真话。这么多年了，她真能记得博斯克温有没有画过桥下的那条船？这看着实在是微不足道的元素。她说她是在一年前最后一次见到这幅画的，但显然不止一年。而这条船让博斯克温太太很不自在。他再次看看她，发现她正在看着自己。她好奇的目光停留在他身上，没有挑衅，只有若有所思，深深的思索。

"现在你打算怎么做？"她问。

至少这个问题很简单。汤米不费什么力气就知道他要怎么做。

"我今晚回家看看有没有我太太的消息，看看她有没有留言。如果没有，明天我就去这个地方，"他说，"萨顿钱塞勒。希望能在那里找到我妻子。"

"得视情况而定。"博斯克温太太说。

"什么情况？"汤米敏锐地问道。

博斯克温皱起了眉头。接着，她嘀咕道，似乎是自言自语："不知道她现在在哪儿？"

"不知道谁在哪儿？"

博斯克温太太的目光重新又落在了汤米身上，她扫了他一眼。

"哦，"她说，"我是说你妻子。"接着又说，"希望她没事。"

"她为什么应该有事？告诉我吧，博斯克温太太，那个地方有什么问题吗？萨顿钱塞勒？"

"萨顿钱塞勒？那个地方？"她想了想，"不，我想没有。不是那个地方。"

"我想我应该说是那座房子，"汤米说，"运河边的这座房子。

不是萨顿钱塞勒村。"

"哦,那座房子。"博斯克温太太说,"真是座好房子。要知道,那里是为情人准备的。"

"住在那里的都是情人吗?"

"有时候,也不是很经常。如果一座房子是为情人而建造,那它就应该让情人住在里面。"

"而不是被其他人用作其他目的。"

"你反应很快,"博斯克温太太说,"你明白我的意思了,不是吗?你绝不能把有专门用途的房子移作他用。如果这么做,房子不会喜欢的。"

"你知不知道最近几年住在那里的人的情况?"

她摇摇头。"不,不,我对这座房子一无所知。要知道,它对我而言从来都不重要。"

"但你想到了什么事——不,什么人?"

"没错,"博斯克温太太说,"我想你说对了。我想到了——某个人。"

"你能不能跟我说说你想到的这个人?"

"真没什么可以说的,"博斯克温太太说,"有时候,你只是奇怪某个人去哪里了,他们发生了什么事,或者他们变成了什么样的人。只是那么一种感觉——"她挥挥手,"你想要点腌鱼吗?"她出人意料地问道。

"腌鱼?"

"是这样,我这里刚巧有两三条腌鱼。我想也许你赶火车之前应该吃一点东西。这站是滑铁卢站,"她说,"我是说,去萨顿钱塞勒的火车,以前经常要在马克巴桑换乘,我想现在还得换车。"

这是逐客令。他接受了。

## 第十三章　艾伯特的线索

### 1

塔彭丝眨了眨眼，视线似乎极为模糊。她试着把头从枕头上抬起来，但一阵刺痛袭来，让她畏缩地重新躺回枕头上。她闭上眼睛，立刻睁开，再次眨了眨。

辨认出周围的环境让她有了成就感。"我在医院病房。"塔彭丝心想。她对自己的头脑恢复情况感到满意，便不再费神多想其他。她在医院病房，头痛。为什么头痛，为什么在病房，她并不清楚。"车祸？"塔彭丝想。

几个护士在病床之间走来走去。似乎再正常不过了。她闭上眼睛，小心地试着思考了一下。一个身穿牧师服的上了年纪的身影在她脑海中模糊闪过。"牧师？"她疑惑地说，"是牧师吗？"她真的不记得了。大概是吧。

"但是我在医院的病床上做什么？"塔彭丝心想，"我是说，我是医院的护士，所以我应该穿着制服。志愿辅助勤务队的制服。哦，老天！"塔彭丝说。

立即有位护士出现在她床边。

"感觉好点了吗，亲爱的？"护士露出虚伪的笑容，"真好，不是吗？"

塔彭丝也不清楚自己是不是好了。护士只说了让她喝杯好茶。

"我似乎是个病人。"塔彭丝极为失望地想着。她一动不动地躺着,脑中努力回忆着各种不着边际的想法和词语。

"战士,"塔彭丝说,"志愿辅助勤务队。没错,当然了,我是志愿辅助勤务队队员。"

护士给她端来一些茶水,盛放在喂药杯里,扶起她,让她小口喝着。她脑袋又是一阵疼痛。

"志愿辅助勤务队队员,这就是我。"塔彭丝大声说。

护士不解地看着她。

"我头疼。"塔彭丝道出实情。

"很快就会好的。"护士说。

她端走茶杯,对遇到的护士长汇报道:"十四号醒了。不过,我认为她有点虚弱。"

"她说什么了没有?"

"她说她是贵宾[①]。"

护士长轻哼一声,表明她对那些自称是贵宾、实则无关紧要的病人的态度。

"看着吧,"护士长说,"快点,护士,不要整天端着那个杯子。"

塔彭丝依然躺在枕头上,昏昏欲睡。一时之间,她还无法理顺那些掠过自己脑海的杂乱无章的思绪。

她觉得这里应该有个她很熟悉的人。这家医院很奇怪,这不是她记忆中的医院,这不是她当护士时的那家医院。"到处都是士兵。"塔彭丝自言自语,"在外科病房,我负责A排和B排。"

---

[①] 贵宾,缩写为V.I.P.,而塔彭丝口中所说志愿辅助勤务队,其缩写为V.A.D.。此处是护士听错了。

她睁开眼,又看了看四周。她确定这家医院之前从未见过,跟手术、战争和其他东西完全没关系。

"不知道这是哪里,"塔彭丝说,"什么地方?"她努力回忆这个地方的名字。她只能想到两个名字:伦敦和南汉普顿。

这时,护士长出现在她床边。

"希望你感觉好点了。"她说。

"我很好。"塔彭丝说,"我怎么了?"

"你的头受伤了。我想你会觉得很疼,是吧?"

"是的,疼。"塔彭丝说,"我在哪儿?"

"马克巴桑皇家医院。"

塔彭丝想了想。这个名字对她毫无意义。

"一位老牧师。"她说。

"您说什么?"

"没什么。我——"

"我们还没在你的饮食表上填写你的名字。"护士长说。

她握着伯罗圆珠笔,等着,并且询问地看着塔彭丝。

"我的名字吗?"

"是的,"护士长说,"记录用的。"她解释地补充道。

塔彭丝沉默了,思索着。她的名字。她叫什么呢?"真蠢,"塔彭丝自忖道,"我好像忘了。但我一定要有个名字。"忽然,她松了口气。那个上了年纪的牧师的脸突然闪现在她脑海中,她坚定地说:

"当然。普鲁登斯。"

"P–r–u–d–e–n–c–e?"

"没错。"塔彭丝说。

"那是你的教名。你姓什么?"

173

"考利。C-o-w-l-e-y。"

"很好,终于把这事弄明白了。"护士长说着转身离开,有种别人的记录再也烦不到她的轻松之感。

塔彭丝对自己隐隐感到满意。普鲁登斯·考利。在志愿辅助勤务队的普鲁登斯·考利,她父亲是个牧师,在,在某个教区,是战争时期,而且……"奇怪,"塔彭丝自言自语道,"我好像全都弄错了。对我来说这些事好像发生在很久之前。"她咕哝着自言自语,"那个可怜的孩子是你的吗?"她很困惑。这是她刚说过的话,抑或是别人对她说过的话?

护士长又回来了。

"你的地址,"她说,"考,考利小姐,还是考利太太?你是在说一个孩子吗?"

"那个可怜的孩子是你的吗?是别人跟我说的,还是我对别人说的?"

"我想,如果我是你,就休息一会儿,亲爱的。"护士长说。

她走了出去,去该去的地方汇报情况了。

"看上去她恢复意识了,医生,"她说,"她说她叫普鲁斯登·考利。但是她好像不记得自己的住址了。她说了句有关孩子的话。"

"哦,很好,"医生说,一如既往地漫不经心,"再给她一天时间。她脑震荡之后恢复得很快。"

## 2

汤米笨手笨脚地摸索着前门钥匙,还没来得及用,门开了,艾伯特站在敞开的门口。

"那个,"汤米说,"她回来了吗?"

艾伯特缓缓地摇摇头。

"她没留言,没打过电话,没来信,也没有电报?"

"跟您说,先生,什么都没有。什么都没有。也没有来自其他人的消息。现在他们躲起来了,但他们抓到她了。我就是这么想的。他们抓了她。"

"你这是什么意思,他们抓了她?"汤米说,"看你都读了些什么东西!谁抓了她?"

"哎呀,您知道我的意思。那伙人。"

"哪伙人?"

"也许是带着弹簧刀的一伙歹徒。或者是跨国犯罪分子。"

"别胡说了,"汤米说,"你知道我怎么想吗?"

艾伯特用询问的目光看看他。

"我觉得她太不体谅别人了,也不捎个信儿什么的。"汤米说。

"哦,"艾伯特说,"是,我明白您的意思了。我想您可以这么说,如果这让您感觉好点。"他最后一句话很不合适。他接过汤米手中的包裹。"您把画拿回来了。"他说。

"是的。我把那幅该死的画拿回来了。"汤米说,"一点用都没有。"

"您没从画上得到什么信息?"

"也不能这么说,"汤米说,"它是让我知道了一些信息,但我还不知道我获得的这些信息是否有用。"他又说,"我想,莫里先生没打电话,或者帕卡德小姐从'煦阳岭'养老院打电话了没?都没有?"

"没人打电话,除了蔬菜水果店的老板,他说他进了一些很好的茄子。他知道太太喜欢茄子,所以每次都通知她。但我跟他说她现在不在。"他补充道,"我为您的晚饭准备了一只鸡。"

"真离奇啊,你除了鸡,什么都想不到。"汤米不友好地说道。

"这次做的是所谓童子鸡,"艾伯特说,"极瘦。"他又说。

"做吧。"汤米说。

电话铃响了。汤米离开他的位子,立刻冲向电话。

"你好……你好?"

话筒传来微弱而遥远的声音。"托马斯·贝雷斯福德先生?您可否接听因沃尔加什的私人电话?"

"好的。"

"请别挂电话。"

汤米等待着,兴奋的心情渐渐冷却。他要等上一会儿。接着传来一个他熟悉的声音,清脆、干练。是他女儿的声音。

"喂,是你吗,爸爸?"

"黛博拉!"

"是的。为什么你听起来气喘吁吁的,你跑步了吗?"

汤米心想,女儿就是爱挑剔。

"我老了,自然会稍微喘一点。"他说,"你好吗,黛博拉?"

"哦,我挺好。听着,爸爸,我在报纸上看到一些事。也许你也看到了。我感到奇怪。说的是因为车祸住进医院的一个人。"

"怎么了?我没看过这类报道。我是说,没留意到。怎么了?"

"呃,听着好像不太严重。我想是出了车祸之类的事,提到一个女人,不管是谁,一个上了年纪的女人,说自己叫普鲁登斯·考利,但他们没办法知道她的地址。"

"普鲁登斯·考利?你是说——"

"哦,是的,我只是,呃,我只是奇怪。这是妈妈的名字,是吧？我是说，是她以前的名字。"

"当然。"

"我总是忘记普鲁登斯。我是说我们从来不认为她叫普鲁登斯，你和我，还有德里克。"

"是的，"汤米说，"是的。人们不太会把你妈妈的教名跟她本人联系在一起。"

"是，我知道，我只是觉得——太奇怪了。你觉得会不会是她的亲戚？"

"我想也许是吧。是在什么地方？"

"我记得说的是马克巴桑的医院。他们想知道她的更多情况。我就是奇怪，哎，我知道很傻，肯定有很多人姓考利，也有大批人叫普鲁登斯。但我想我还是打个电话问问。我是说，确定一下妈妈在家，一切都好。"

"我明白了。"汤米说，"是的，我懂。"

"哎呀，接着说啊，爸爸，她在家吗？"

"不在，"汤米说，"她不在家，而我也不知道她是不是没事。"

"你这是什么意思？"黛博拉说，"妈妈在做什么？我想你一直在伦敦，跟过去那些曾经保守着'顶级机密'的愚蠢幸存者在一起，跟你那帮老家伙唠唠叨叨吧。"

"你说得很对，"汤米说，"我昨晚才回家。"

"而你发现妈妈不在，还是你知道她不在家？说啊，爸爸，快跟我说说。你在担心。我知道你很担心。妈妈在做什么？她在忙一些事，是吗？真希望她这个年纪了能学会安静地坐着，什么都不做。"

"她在担心，"汤米说，"跟你艾达姨婆有关的一件事让她很

177

困扰。"

"什么事?"

"这个嘛,养老院的一位老人跟她说的一件事。她为这位老太太担心。她说了很多事,其中一些事让你妈妈担忧。因此,我们整理艾达姨婆的遗物时,她跟院方要求跟这位老太太谈一谈,而那位老人似乎突然就离开了。"

"这个好像挺正常,不是吗?"黛博拉说,"妈妈为什么这么紧张?"

"她觉得,"汤米说,"这位老太太可能出事了。"

"明白了。"

"坦白说,她似乎是消失了。虽然看上去没什么。我是说,律师和银行的手续都有。只是,我们无法查到她在哪儿。"

"你是说妈妈去某个地方找她了?"

"是的。并且她说要回来却没回来,两天前。"

"那你也没有她的消息吗?"

"没有。"

"我祈求上帝能让你好好照顾妈妈。"黛博拉凶巴巴地说。

"我们没人能好好照顾她。"汤米说,"你也不行,黛博拉,如果发生了什么事的话。这跟她投身于战争并做了很多跟她没关系的事情是一样的。"

"但今时不同往日。我是说,她老了,应该待在家里安享晚年。我猜她肯定觉得很无聊。这是问题的根源。"

"你是说马克巴桑医院?"汤米问。

"梅尔福德郡。我想,从伦敦坐火车过去大概要一个小时到一个半小时。"

"这就对了,"汤米说,"马克巴桑附近有个村子叫萨顿钱塞勒。"

"这又有什么关系?"

"现在没时间细说了,"汤米说,"跟一幅画有关,画上有一座在运河小桥旁边的房子。"

"我没听明白。"黛博拉说,"你在说什么?"

"没事了。"汤米说,"我要给马克巴桑医院打个电话,询问一些事。我有种感觉,你妈妈没事。要知道,如果人们得了脑震荡,最开始回忆起的往往是孩提时的事,然后才慢慢回到当下的状态。她想起了她婚前的姓。也许她出了车祸,但如果有人给她的脑袋来了这么一下,我也不会奇怪的。在你妈妈身上,这种事时有发生。她总会惹事。如果我发现什么,就会告诉你。"

四十分钟之后,汤米·贝雷斯福德终于把电话听筒"咔嗒"一声挂在电话架上,扫了一眼腕上的手表,疲惫不堪地舒了口气。艾伯特出现了。

"晚饭吃什么,先生?"他询问道,"您还没吃什么,很抱歉,我把鸡忘了,已经烧成灰了。"

"我什么都不想吃。"汤米说,"我想喝点东西,给我来个双份威士忌。"

"就来,先生。"艾伯特说。

过了一会儿,他端来了汤米要的酒,汤米已经跌坐在他专用的那张舒服的旧沙发里了。

"现在,我想,"汤米说,"你想知道到底发生了什么。"

"事实上,先生,"艾伯特语气略带抱歉,"我几乎都知道了。您瞧,我看这一系列的事情都跟太太有关系,我就自作主张拿起了卧室的分机。我认为您不会介意的,先生,您不像太太那样。"

"我不会责怪你的,"汤米说,"其实,还要谢谢你,不然我又得开始解释——"

"跟每个人都联系过了,是吗?医院、医生和护士长。"

"不需要再说一遍了。"汤米说。

"马克巴桑医院,"艾伯特说,"她从没吐露一个字,没说。从来没留下这类地址。"

"她没打算把这个当她的联系地址,"汤米说,"照我来看,她肯定是在某个偏僻的地方被人打了脑袋,有人把她装进汽车,扔在某个路边,被人发现的时候看上去就像肇事逃逸现场。"他补充道,"明早六点半叫我。我想早一点出发。"

"很抱歉又把您的鸡在烤炉里烧煳了,我放进去只是想保温,可我忘了。"

"别管鸡了,"汤米说,"我总觉得它们是很蠢的鸟,在车底下跑来跑去,咯咯叫个不停。明早把尸体埋了吧,举行一个像样的葬礼。"

"她不会危在旦夕吧,先生?"艾伯特问道。

"压制住你那些夸张的幻想,"汤米说,"要是你好好听了电话,就应该听到她恢复得挺好,记得她以前或现在的名字,她在哪里,而他们发誓说会留她在那儿,等着我,直到我过去接她。无论如何他们都不允许她溜出去,再去进行她那些蠢透了的侦探工作。"

"说到侦探工作。"艾伯特说,轻咳一声,迟疑着。

"我不是特别想说这个,"汤米说,"别想了,艾伯特。去自学账本课程或窗台花坛教程之类的吧。"

"那个,我只是在想,我是说,说到线索——"

"哦,什么线索?"

"我正在想。"

"生活中的所有麻烦都来源于此。想。"

"线索，"艾伯特又说，"那幅画，比如，那就是条线索，不是吗？"

汤米发现艾伯特把画有运河边房子的画挂在了墙上。

"如果那幅画是某件事的线索，你觉得是关于什么事的线索？"汤米为自己刚才那句不合适的话感到有些脸红。"我是说，是怎么回事呢？应该意味着什么。我在想的是，"艾伯特说，"如果您能原谅我多嘴的话——"

"说下去吧，艾伯特。"

"我刚才正在想的是书桌。"

"书桌？"

"是的。搬家公司运过来的书桌，连同小工作台和两把椅子，还有其他一些东西。您说是家庭财产？"

"属于我的艾达姨妈。"汤米说。

"对，我说的就是它，先生。在这一类东西里面您能找到线索。在旧书桌里，古董书桌。"

"有可能。"汤米说。

"这其实不关我的事，我知道，我真不应该乱掺和，但您不在家的时候，先生，我没能忍住。我过去看了一眼。"

"什么？看了书桌？"

"是的，只是去看看有没有线索。您瞧，先生，那样的书桌都有秘密抽屉。"

"有可能。"汤米说。

"唔，您说对了。那里可能有隐藏的线索。关在秘密抽屉里。"

"这个想法不错，"汤米说，"但据我所知，我的艾达姨妈没道理要在秘密抽屉藏东西。"

"您永远也不会了解老太太的心思。她们喜欢藏东西。她们就像寒鸦或者喜鹊,我忘了是哪个了。也许里面会有秘密的遗嘱或者用隐形墨水写的信件或者藏宝阁。您能据此发现藏起来的财宝。"

"抱歉,艾伯特,但我认为我要让你失望了。曾经属于我叔叔威廉的那张家传旧桌子里面,我非常肯定没有那种东西。他上了年纪后,无比暴躁,耳朵失聪,脾气也变坏了。"

"我想的是,"艾伯特说,"看一眼也无妨,不是吗?"他一本正经地补充道,"不管怎么说,它需要清理一下。您知道老太太的东西,很少被翻找出来——她们得了风湿病之后,行动很困难。"

汤米沉默了一会儿。他回忆起他和塔彭丝曾经匆匆查看过书桌抽屉里的东西,并将它们分别放进两个大信封里面,并把几团毛线、两件羊毛开衫、一件黑色天鹅绒披肩和三只精致的枕头套从下层抽屉中拿了出来,跟其他衣服和零碎东西一起处理了。他们回到家之后也查看过装在信封里的纸张,没什么特别引人注意的地方。

"我们查看过里面的东西了,艾伯特,"他说,"真的,花了好几个晚上。一两封非常有意思的旧信件,一些火腿食谱,保存水果的方法,配给簿、配给票,还有战时的一些物品。没有任何值得关注的东西。"

"哦,这样啊,"艾伯特说,"您可能会说只是一些纸张之类的东西,是每个人都会放在桌子里和抽屉里的普通东西。但我说的是真正的秘密。我还是个孩子的时候,您知道,为一个古董商做了六个月的工作——常常帮他伪造东西。我知道了打开秘密抽屉的方法。它们的模式往往是相同的。三四种固定的方法，人们时不时改动一下。您不觉得应该看一看吗？我是说，我不想在您不在的时候自己去看。那样太放肆。"他恳求地看着汤米。

"走吧，艾伯特，"汤米放弃了，"我们去放肆一下。"

"真是件精致的家具啊，"汤米站在艾伯特身边，观察着这张他从艾达姨妈那里继承过来的书桌，心想，"保存得很好，抛光得锃亮，显示出过去那个年代的高超手艺和精湛技术。"

"好了，艾伯特，"他说，"来吧。享受你的乐趣吧。不过别弄坏了。"

"哦，我从没这么小心过。不会用锤子砸或用刀划开。首先我们把前面的折板放下来，把它放在拉出来的这两块厚板上。这就好了，您瞧，这样把折板放下来，老太太经常会坐在上面。您姨妈的这只珍珠贝母吸墨小盒真精致，就在左边的抽屉里。"

"有两件这样的东西。"汤米说。

他拉出两只设计巧妙、带有壁柱的浅浅的竖抽屉。

"哦，这两个啊，先生。您可以往里面塞文件，不过这没什么秘密的。最常见的地方是打开中间的小柜子，在底部往往有个小小的凹陷，您把底板滑出来，就有个小空间。不过，还有其他藏东西的方法和地方。这种桌子下面都有空间。"

"也不算十分秘密，是吧？你只要把这块板子往后滑——"

"问题是，似乎只能找到这些了。您把板子推回去，里面有个空洞，您可以放很多不想被别人乱动的东西在里面，但也许您会说，没什么大不了的。因为您瞧，前面有块小木头，就像墙上突出的壁架，而您可以把它拉起来，您瞧。"

"是的，"汤米说，"是的，我能看到。你拉起来吧。"

"这里有个秘密空洞，在中间的锁的后面。"

"但里面没东西。"

"是没有,"艾伯特说,"看上去令人失望。但如果您把一只手伸进那个洞里,左右摇晃一下,就会发现有两个小而薄的抽屉,一边一个。顶部切割出来一个半圆形,您可以用手指勾住,慢慢往自己这个方向拉——"说话的时候,艾伯特似乎要把自己的手腕拧弯了,"有时候,会有点扎手。等下,等下——找到了。"

艾伯特的食指做弯钩状,从里面拉出一个东西。他轻轻地向外拉着,一个狭窄的小抽屉出现在眼前。他把它拉出来,摆在汤米面前,那副神态,就像一只狗衔着骨头跑到主人前面。

"现在请等一等,先生。里面有东西,包在一只长而薄的信封里。现在,我们看看另外一边吧。"

他换了只手,继续他的"柔术表演"——扭曲手腕、弯曲手指。过了一会儿,第二只抽屉也拉了出来,放在第一只旁边。

"里面也有东西,"艾伯特说,"另外一个密封信封,不知何时被人藏进去的。我从没试着打开任何一个信封,我不会做这种事的。"他的声音透着十足的正直善良,"我留给您,但我想说的是,它们也许是线索——"

他和汤米一起取出了积满灰尘的抽屉里的东西。汤米最先拿出来的是一个竖着卷起来的密封信封,用皮筋扎着。皮筋一碰就断了。

"看起来很有价值。"艾伯特说。

汤米扫了一眼信封,上面写着"机密"。

"您看啊,"艾伯特说,"'机密'。这就是线索。"

汤米抽出信封里的东西。里面是半张信纸,上面的字迹很潦草,而且已经褪色。汤米把纸翻来翻去,艾伯特俯在他肩膀旁边，呼吸沉重。

"麦克唐纳太太的奶油三文鱼秘方，"汤米念道，"作为一种特别的优待送给了我。两磅三文鱼中段肉，一品托新泽西奶油，一杯白兰地和一根黄瓜。"他打住了，"抱歉，艾伯特，毫无疑问，这是一条引领我们走向美食与烹饪的线索。"

艾伯特发出表示嫌恶与失望的声音。

"没关系，"汤米说，"还有一个可以试一下。"

第二个密封信封外表不如第一个那么旧，贴着两个浅灰色蜡封，上面各画了一朵野玫瑰。

"漂亮，"汤米说，"对艾达姨妈来说太花哨了一些。我想是如何煎牛肉馅饼。"

汤米猛地撕开信封，他皱起了眉头。十张折叠整齐的五英镑钞票掉落出来。

"完好又稀有，"汤米说，"这是旧钞票。你知道，是战时我们使用的。上好的纸张。也许现在不是法定货币了。"

"钱！"艾伯特说，"她用这些钱干什么呢？"

"哦，这是老太太的养老钱。"汤米说，"艾达姨妈一向都有储备金。多年前她告诉我，每个女人都应该留有面值五英镑的五十英镑，以备不时之需。"

"哦，我想现在还可以用。"艾伯特说。

"我认为它们还没有被淘汰。我觉得你可以到银行去兑换一下。"

"还有一个，"艾伯特说，"在另外一个抽屉里。"

第三个信封鼓鼓囊囊的，看上去里面装了不少东西，上面有三个看着很重要的大红蜡封。信封外面同样是潦草的笔迹："在我死后，这个信封要原封不动地交给我的律师，罗克伯里先生的'罗克伯里及汤姆金斯'律师事务所,或者给我的外甥托马斯·贝雷斯福德。未经允许,不得拆启。"

里面是几张写得密密麻麻的信纸。字迹凌乱而潦草,有些地方还很难以辨认。汤米费力地大声读道:

我,艾达·玛利亚·范肖,在此写下一些我知道的事。是现在居住在"煦阳岭"养老院的老人告诉我的。我不能担保这些消息是确凿无误的,但似乎有理由相信此事十分可疑,很可能是犯罪。在这里,一些活动正在或已经发生。伊丽莎白·穆迪,一个蠢女人,但我认为她是诚实的,她声称在这里认出了一个臭名昭著的罪犯。在我们中间可能有个投毒者在行动。我自己对此更倾向于客观中立,但我会保持警惕。我打算写下我知道的所有事实。整件事也许是个骗局。我要求我的律师,或我的外甥托马斯·贝雷斯福德,展开全面调查。

"就是这个了,"艾伯特得意扬扬地说,"跟你说过了!这是条线索!"

第四部　这里是教堂，上面有尖顶。打开门，就有人————

## 第十四章 思维练习

"我想我们应该好好想一想。"塔彭丝说。

在医院愉快地团聚之后,塔彭丝终于光荣出院了。现在,这对相互信赖的夫妻坐在马克巴桑镇兰姆及弗拉格旅馆顶级套房的客厅里交换看法。

"别再想了,"汤米说,"别忘了出院前医生嘱咐你的话。不要担心,不要费神,尽量少活动,看开点。"

"现在我还能做什么?"塔彭丝问道,"我已经垫高脚了,你没看到吗,头也枕在两个靠垫上了。可是说到思考,我认为并不是费神。我又不做数学题,或者学习经济学,或者琢磨家里的账单。思考只是舒舒服服地放松,让一个人脑洞大开,万一有什么有趣或者重要的事情也会随时飘进去。不管怎样,难道你不愿意我跷着腿、枕在枕头上稍微思考一下,而更希望我再次出去行动?"

"我肯定不希望你再出去调查了,"汤米说,"到此为止,明白吗?塔彭丝,你要静养,如果可能的话,我不会让你离开我的视线,因为我不相信你。"

"好吧,"塔彭丝说,"教训结束。现在,让我们想一想吧,一起思考。不要管医生对你说的话。要是你像我这么了解医生的话——"

"别管医生了,"汤米说,"照我说的做。"

"好的。现在我不想采取行动,我向你保证。重要的是我们要交换一下想法。我们掌握了很多事,但是就跟乡下杂物拍卖一样乱七八糟。"

"你说的事是指什么?"

"唔,事实。各种各样的事实,太多事实。不只是事实,还有道听途说、闲话传闻、流言蜚语。整件事看起来就像一个摸彩桶①被五花大绑了好几层,然后被推到锯末里。"

"锯末,没错。"汤米说。

"我搞不太清楚你是在讽刺还是谦虚,"塔彭丝说,"总之,你确实同意我的说法,不是吗?我们知道得太多了,真的假的,重要的不重要的,全都搅和在一起。我们不知道从哪里开始。"

"我知道。"汤米说。

"好,"塔彭丝说,"你从哪里开始?"

"从你被人敲了脑袋开始。"汤米说。

塔彭丝想了想。"我真不认为这是个起点。我是说,这是最后发生的一件事,而不是最初发生的。"

"在我看来这就是第一件事,"汤米说,"我不准别人打我的妻子。这是个真正的起点。这不是想象,而是真事,真实发生的事。"

"我完全赞同你的话。"塔彭丝说,"这件事真的发生了,发生在我身上,我不会忘记的。确切地说,自从我恢复了思考的能力之后,我一直在琢磨这件事。"

"关于是谁做的,你有没有想法?"

"很不幸,没有。当时我正在弯着腰看一块墓碑,然后,

---

①摸彩桶:装有麸皮,内藏礼物,于宴会上使用。

呼!"

"可能是谁呢?"

"我想肯定是萨顿钱塞勒的人。然而似乎又非常不可能。我没跟什么人说过话。"

"牧师?"

"不可能是牧师。"塔彭丝说,"第一,他是个好老头;第二,他没这么大的力气;第三,他气喘得厉害,不可能悄悄逼近我身后而不被我听见。"

"那么,如果你排除牧师——"

"你不排除吗?"

"唔,"汤米说,"没错,我没排除他。你知道的,我去见过他,也跟他谈过。他在这里当了很多年牧师,每个人都认识他。恶魔的化身可能伪装成慈祥的牧师,但不会超过一个星期,十年或二十年则更不可能。"

"嗯,那么,"塔彭丝说,"下一个怀疑对象应该是布莱小姐。内莉·布莱。虽然天知道为什么。她不可能已经知道了我想盗墓。"

"你觉得可能是她?"

"哦,我没有真的这么想。当然了,她很能干。如果她想跟踪我,看看我在干什么,然后打晕我,她完全能做到。而跟牧师一样,她也在那里,在案发现场——她在萨顿钱塞勒,在她的屋子里进进出出、做这做那,她能看到我在教堂的墓地里,便好奇地踮着脚跟在我后面,看到我在检查墓碑,出于某些特别的原因反对我的行为,所以拿起手边的教堂金属花瓶或其他东西打了我。但别问我她为什么这么做。我想不出理由。"

"下一个是谁,塔彭丝?科克雷尔太太,是叫这个名字吗?"

"科普雷太太,"塔彭丝说,"不,不可能是科普雷太太。"

"现在你为什么这么肯定了?她住在萨顿钱塞勒,可能看到你离开了房子,可能跟在你身后。"

"哦没错,是的,但是她话多。"塔彭丝说。

"我不明白话多跟这有什么关系。"

"如果你像我一样听她说了一夜的话,"塔彭丝说,"就会知道,像她那样滔滔不绝的人,不可能这么做!不管在什么地方,她不可能走近我还能忍住不大声说话。"

汤米思索着这话。

"好吧,"他说,"在这种事上你有很好的判断力,塔彭丝。排除科普雷太太。还有谁在那里?"

"阿莫斯·佩里,"塔彭丝说,"就是那个住在运河小屋的男人,(我只能管它叫运河小屋,因为它有太多奇怪的名字,并且最开始它就叫运河小屋)友善女巫的丈夫。他有点古怪。头脑简单,孔武有力,如果他想,便可以打晕任何人。我甚至觉得有几次他真想这么做,虽然我也不知道他为什么想打晕我。他比布莱小姐更有可能,在我看来布莱只是那种令人讨厌的、精干的女人,为教区的事跑来跑去,凡事都插一脚。除了一些极为疯狂的情感原因,她不会袭击人的。"她微微一哆嗦,补充道,"要知道,我第一次见到阿莫斯·佩里的时候,就感到害怕。他带我参观他的花园,我忽然觉得我可不想惹到他,或者在夜晚的黑黢黢的路上遇到他。我觉得他不会经常想对人施暴,但如果什么事刺激他了,他会非常有暴力倾向。"

"好的,"汤米说,"阿莫斯·佩里,一号。"

"还有他妻子,"塔彭丝慢条斯理地说,"友善的女巫。她人很好,我喜欢她,我不希望是她,也不认为是她,但她总把事情搞混,我想……是跟那房子有关的事。还有一点,你知道,汤米,我们不知道事情的重点是什么,我开始怀疑所有的事都围绕着那座房子,那座房子是不是中心点。那幅画,那幅画确实有某种意义,不是吗,汤米?肯定是,我想。"

"是的,"汤米说,"我想肯定是。"

"我来这儿想找到兰卡斯特太太,但似乎这里没人听说过她。我一直怀疑我的方向错了,兰卡斯特太太处在危险中(因为我对此仍然确信不疑),因为她拥有那幅画。我认为她从来没去过萨顿钱塞勒,然而可能有人送给了她或者她自己买下了这幅画。而这幅画意味深长,在某种意义上对某人是个威胁。"

"可可太太——穆迪太太,告诉艾达姨妈她认出了煦阳岭的某个人,跟'犯罪活动'有关。我认为犯罪活动跟那幅画、运河边的房子以及那个可能被杀死在那里的一个孩子有关系。"

"艾达姨妈欣赏兰卡斯特太太的画,而兰卡斯特太太送给了她,也许她说了关于画的事,她在哪儿得到的,或者谁给她的,房子在哪里——"

"穆迪太太被除掉是因为她明确认出了'与犯罪活动有关'的那个人。"

"跟我再说一遍你跟莫里医生的谈话,"塔彭丝说,"跟你说过可可太太的事之后,他接着讲了几种杀人犯,并列举了真实案例。其中一个是,一个女人开办了面向老年人的养老院——我隐约记得我曾读过相关报道,不过我不记得她的名字了。大致情形就是他们把自己的钱转交给她,然后就可以一直住到去世,丰衣足食、有人照料,不必为钱的问题担忧。他们确实很开心,只是不到一年就去世了,在睡梦中安然去世。最后,人们开始注意此事。她受到审判,并被定为谋杀罪,但她并未受到良心谴责,并抗议说她所做的真的是出于对老年人的慈爱。"

"是的，没错，"汤米说，"我也不记得那个女人的名字了。"

"哦，别想了，"塔彭丝说，"然后他举了另外一个例子。一个家庭帮工，厨娘或是管家。她在很多家庭工作过；有时候相安无事，有时候则集体中毒。人们认为是在食物中投毒，症状也都合情合理，有些人也会康复。"

"她总是准备三明治，"汤米说，"分装成一包一包的，好让他们野餐时带去吃。她人很好，也很忠诚，如果是集体中毒的话，她自己也会有相应的中毒症状。也许她加大了给别人的剂量。然后她就离开了，去到英国的另一个没人认识她的地方，这样持续了好多年。"

"没错，是的。我相信，没人能理解她为什么这么做。她是上瘾了吗，还是习惯使然？是觉得好玩吗？没人真正知晓。她对那些被她害死的人似乎没有个人恶意。是脑袋坏掉了吗？"

"没错，我想肯定是这样的。但我认为精神科医生可能会对此进行大量分析，最后发现，很多很多年前，她还是个孩子的时候，认识一家人，这家人有只金丝雀，它可能吓到她或者让她难过了什么的，所有事可能跟上述情况有关。但不管怎么说，就是这么回事。"

"第三个例子更加古怪。"汤米说，"一个法国女人。因为丈夫和孩子的死而备受煎熬，她心碎不已，成了慈爱天使。"

"是啊，"塔彭丝说，"我记得。他们叫她什么村的天使。基凡①之类的名字。但凡有邻居生病，她都会过去照顾，尤其是生病的小孩。她尽心尽力地照看他们。但或早或晚，病情稍有起色，孩子的病情便会再次加重，然后死去。她一哭就是好几个小

———————
①原文为法语。

时，去参加葬礼时也是痛苦不已。每个人都说，如果没有这位天使尽已所能地照顾他们的小孩，他们都不知道该怎么办好。"

"你为什么要把这些再想一遍，塔彭丝？"

"因为我在想莫里医生为什么要提到她们。"

"你是说他联系到——"

"我认为他把这三个众所周知的案子联系在一起，把它们像手套一样试着戴在'煦阳岭'的每一个人的手上，看看是否跟某个人吻合。我认为从某个角度来说，每个人都有可能符合。帕卡德小姐符合第一个案子，养老院能干的院长。"

"你对她真的很不公平。我挺喜欢她的。"

"我敢说人们都曾经喜欢过杀人犯。"塔彭丝理智地说，"就像骗子看上去都很老实忠厚。我敢说杀人犯似乎都很善良，尤为心软。就是这么回事。不管怎么说，帕卡德小姐确实非常能干，可以利用手头一切便利制造出不引起怀疑的自然死亡。只有可可太太这样的人才有可能怀疑她，因为她自己也有点疯疯癫癫的，便也能理解不正常的人，或者也许之前在哪儿见过她。"

"我认为帕卡德小姐不会从她那里的老年人的死亡中获利。"

"你不懂，"塔彭丝说，"这么做才更加聪明，不从所有人身上获利。只选一两个，有钱的，留给你很多钱，但也会制造一些非常自然的死亡，你从中什么都得不到。所以说，我认为莫里医生可能，只是可能，留意过帕卡德小姐，然后对自己说：'胡说，我在胡思乱想。'可尽管如此，他仍被这种想法困扰。他提到的第二个案子则跟帮工、厨娘甚至护士吻合。被那个地方雇用、值得信赖的中年女人，但在某些方面脑子不正常。也许对那里的老人怀有些许怨恨和厌烦。我们猜不出，是因为我们对那里的人都不够了解。"

"那第三个呢?"

"第三个就更难了,"塔彭丝承认,"忠诚、有奉献精神的某个人。"

"也许他只是随便又举了个例子,"汤米说,接着又说,"我怀疑那个爱尔兰护士。"

"我们送她裘皮披肩的那个好心的人?"

"是的,艾达姨妈喜欢的那个好人。很有同情心的那位。她看上去喜欢每个人,如果她们去世了,她会悲痛不已。她跟我们说话的时候很伤心,不是吗?你说过的,她要离开了,而她并没有告诉我们原因。"

"我觉得她可能有点神经质。护士不能同情心泛滥,这对病人不好。她们都被要求冷淡、能干,并能给予病人信心。"

"贝雷斯福德护士在训话。"汤米说着,咧嘴一笑。

"但是,回到那幅画,"塔彭丝说,"如果我们仅仅关注那幅画。因为我觉得你对我描述的博斯克温太太很有意思。你去见她的时候,她听上去,她听上去很有意思。"

"她很有意思,"汤米说,"我认为她是我们在这件怪事中遇到的最有意思的人。她是那种貌似不费吹灰之力就知道一些事的人。而我却不知道,可能你也不知道,但她就是知道。"

"她说起那条船的时候很古怪,"塔彭丝说,"她说那幅画上原本是没有那条船的。你认为现在为什么有船了?"

"哦,"汤米说,"我不知道。"

"船上有没有名字?我不记得看到过,不过那时候我并没有近距离观察过。"

"上面写着'睡莲'。"

"作为一只船的名字挺恰当的,这会让我想起什么?"

"我不知道啊。"

"而她很肯定她丈夫先前并没有画过那条船，有可能是他后来画上去的。"

"她说不是，她非常确定。"

"当然。"塔彭丝说，"还有一种可能性我们没有探讨。关于我被人打晕，我是说，某个局外人，也许那天有人从马克巴桑镇跟在我后面，看我到底想干什么。因为我在那里问的所有问题，去了所有的房产代理公司，布洛杰特及伯吉斯公司，还有其他公司。关于那座房子，他们一直支支吾吾地敷衍我，含糊其辞，非常奇怪。这跟我们寻找兰卡斯特太太时遇到的推托是一样的。律师和银行，无法联系房主，因为他在国外。一样的模式。他们派人跟踪我的汽车，想知道我在做什么，找机会打晕了我。这让我们——"塔彭丝说，"认识到教堂墓地的重要性。为什么有人不想让我查看旧墓碑？它们早就破败不堪了——依我看是一群孩子干的，他们厌倦了破坏电话亭，便开始去墓地找乐子，在教堂后面亵渎圣灵。"

"你是说上面有字，是粗糙的刻字？"

"是的，我想应该是用凿子刻的。因为没刻好所以没刻完。"

"那个名字，莉莉·沃特斯，还有年龄，七岁。这些都刻完了，其他的词，好像是'无论谁'……还有就是'侵犯'和'米尔斯通'——"

"听起来耳熟。"

"应该是。肯定是《圣经》上的，但刻字的人记得并不是很清楚。"

"真奇怪，整件事都很奇怪。"

"为什么会有人阻挠，我只是想帮帮牧师，还有那个失去孩子的可怜人。我们又回来了,又回到失踪小孩的主题上,兰卡斯特太太说过有个可怜的孩子被砌在壁炉里,而科普雷太太喋喋不休地说过被砌在墙里的修女、被谋杀的孩子,还有杀死孩子的母亲、情人、私生子、自杀——全都是旧事和八卦、流言、传闻,全都搅在一起,就像最为壮观的面糊!尽管如此,汤米,有个真正的事实,不是谣传或传说——"

"你的意思是?"

"我是说从运河小屋的烟囱里掉下来的旧布娃娃,孩子玩的布娃娃。它在里面很久很久了,布满烟灰和煤渣——"

"可惜我们没有拿到。"

"我拿到了。"塔彭丝得意地说。

"你带走了?"

"是啊。你知道,它让我大吃一惊。我想我应该拿走检查一下。没人会想要这种东西。我能想象得到,佩里夫妇会立马把它扔进垃圾箱里。我放在这里了。"

她从沙发上站起身,走向她的小手提箱,翻了翻,然后拿出一个用报纸包裹的东西。

"给你,汤米,看看。"

汤米好奇地拆开报纸。他小心地拿起布娃娃。它的双臂和双腿软塌塌地垂着,衣服上褪色的装饰一碰即掉。身体似乎是由很薄的小山羊皮缝制而成,里面曾经塞满了锯末,现在却松松垮垮的,但因为到处都有破洞,锯末都漏出去了。汤米把它拿在手中,轻柔地触摸着,但布娃娃的身体突然裂开了,大约一杯量的锯末掉在地上,还有很多小水晶石落在地板上滚来滚去。

汤米仔细地把它们全都捡了起来。

"老天,"他自言自语道,"老天!"

"真奇怪啊,"塔彭丝说,"都是水晶石。你觉得是从烟囱里剥落的水晶石吗？泥灰或是什么东西破碎了。"

"不是,"汤米说,"这些水晶石在布娃娃身体里面。"

他已经把石子仔细收集起来,一只手指伸进布娃娃的身体里,又有一些石子掉了出来。他把水晶石拿到窗边,在手里翻转着。塔彭丝不解地注视着他。

"这个想法真奇怪,用水晶石填满布娃娃。"她说。

"哦,这可不是普通的水晶石,"汤米说,"我认为这么做一定有个很重要的理由。"

"你的意思是？"

"看看这水晶石,拿几颗看看。"

她疑惑地从他手里拿了一些。

"就是些石子儿而已,"她说,"有的大一点,有的小一点。你为什么这么兴奋？"

"因为,塔彭丝,我开始明白一些事了。这不是石子儿,亲爱的,它们是钻石。"

## 第十五章　牧师住所之夜

1

"钻石!"塔彭丝倒吸一口气。

她看看他,接着看看自己仍然握在手中的水晶石,说:

"这些灰不溜丢的东西,是钻石?"

汤米点点头。

"你瞧,塔彭丝,现在能说得通了。一切都联系起来了。运河小屋,还有那幅画。你等着看艾弗·史密斯听到娃娃故事时的表情好了。他已经为你准备好一束花了,塔彭丝——"

"为什么?"

"帮他围捕了一个大犯罪团伙!"

"又是你和你的艾弗·史密斯!我猜上个星期你一直在他那儿,把我扔在那家沉闷乏味的医院,让我一个人度过康复期的最后几天——就在我需要好好地跟人说说话,需要鼓舞劝慰的时候!"

"几乎每天晚上的探视时间我都去看你。"

"你什么都没对我说。"

"那个护士长、那个恶婆娘警告我说不能让你激动。不过后天艾弗会来这里,我们会在牧师的住所举办一个小小的晚间聚会。"

"有谁参加?"

"博斯克温太太,本地的一位大地主,你的朋友内莉·布莱小姐,牧师,当然了,还有你和我——"

"还有艾弗·史密斯先生,他的真名叫什么?"

"就我所知,就是艾弗·史密斯。"

"你一直都这么谨慎——"塔彭丝突然大笑起来。

"什么事这么好笑?"

"我只是在想,我真想看看你和艾伯特发现艾达姨妈桌子里的秘密抽屉的样子。"

"全都归功于艾伯特。在这个问题上,他好好地给我上了一课。所有这些都是他年轻时从一位古董商那里学的。"

"没想到你的艾达姨妈真的留下了那样一封秘密信件,还都封了蜡。她并不知道到底是什么事,但她相信'煦阳岭'里有个危险人物。不知道她会不会认为是帕卡德小姐。"

"那只是你的想法。"

"如果我们找到的是犯罪团伙,那我的想法也挺好的。他们需要一个像'煦阳岭'这样的地方,看起来体面,运营良好,由一个能干的罪犯来经营。这个人有资格随时拿到所需的药物。任何死亡都被当作是非常自然的事,这样也会影响到医生,使他或她也觉得是自然的。"

"连情节你都设想好了,但实际上,你开始怀疑帕卡德小姐的真正原因是你不喜欢她的牙齿——"

为了更好地吃掉你[①],塔彭丝心中暗想,我再告诉你一件事,汤米,假如这幅画,画着运河小屋的画,从来就不是兰卡斯特太

---

[①] 出自童话《小红帽》,其中一句为:"为什么你的牙齿这么大?为了能吃掉你吗?"

太的——

"可我们知道曾经属于她。"汤米盯着她说。

"不，我们不知道。我们只知道帕卡德小姐是这么说的，是帕卡德小姐说兰卡斯特太太把它给了艾达姨妈。"

"可为什么——"汤米打住了。

"也许那就是兰卡斯特太太被带走的原因，这样她就不能跟我们说这幅画不是她的，她也没有送给艾达姨妈。"

"我觉得这个想法太牵强了。"

"也许吧，但这幅画是作于萨顿钱塞勒，画中的房子是萨顿钱塞勒的房子，我们有理由相信那座房子，或者说曾经，被犯罪团伙用来当作其中一个藏身的地方——艾克尔斯先生被认为是这个团伙的幕后指使者。是艾克尔斯派约翰逊太太转移了兰卡斯特太太。我不相信兰卡斯特太太曾经去过萨顿钱塞勒，或者曾经住在运河小屋，或者有一幅小屋的画，但我想她听到'煦阳岭'的某个人说起了那房子，也许是可可太太？于是她开始唠唠叨叨，这很危险，所以她必须被带走。总有一天我会找到她的！记住我的话，汤米！"

"托马斯·贝雷斯福德太太的探险。"

# 2

"请允许我这么说，您看上去精神很好，汤米太太。"艾弗·史密斯先生说。

"我感觉又跟以前一样好了。"塔彭丝说，"我想我太傻了，居然被人打晕了。"

"应该给您颁发奖杯才对，特别是为这个布娃娃。我真不知道您是怎么查到这些事的!"

"她是完美的小猎犬,"汤米说,"用她的鼻子趴在路上闻闻就出发了。"

"你不会不让我参加今晚的聚会吧。"塔彭丝怀疑地说。

"当然不会。要知道,很多事情都理清了。我说不出我有多感激你们。这个狡诈的犯罪团伙,犯下了数量惊人的劫案,所幸的是,在过去的五六年里,我们已经取得了很大进展。当汤米来问我是否了解这个聪明的律师艾克尔斯先生的时候,就像我跟他说的那样,我们已经怀疑他很长时间了,但他不是那种你能轻易抓住把柄的人。到目前为止,他都极为小心。他从事的都是律师行业普通而清白的业务,客户也都是完全真实的。

"正如我对汤米说的,重要的一点就是这一系列的房子。体面的房子里住着值得尊敬的人,住不了多长时间就搬走了。

"现在,谢谢你,汤米太太,你关于烟囱和死鸟的调查让我们真真切切地找到了其中一座房子。房子里匿藏着一批赃物。要知道,他们的行事方式非常聪明,把珠宝首饰或其他这种东西转换成未经加工的钻石,分别包好并藏起来,然后等时机到了,等关于抢劫案的通缉声音消失殆尽,便乘飞机把它们运输出境,或者带到渔船上偷渡到国外。"

"佩里夫妇呢?他们,我希望他们没有,参与此事?"

"我们不确定,"史密斯说,"不,不能确定。在我看来佩里太太可能知道些什么,或者曾经知道一些事。"

"你是说她真的是罪犯之一?"

"也许不是吧。也许他们对她施加过压力。"

"什么压力?"

"这个嘛,你要保守秘密,不过我知道你会守口如瓶的,但当地警察一直认为她丈夫，阿莫斯·佩里，对多年前那几起儿童谋杀案负有责任。他精神不太健全。医学观点认为，他很容易产生杀死儿童的冲动。一直没有直接的证据，他妻子总是急迫地为他提供不在场证明。您瞧，如果是这样，那帮不择手段的歹徒就会要挟她，让她成为这座房子的租户，他们知道她会闭紧嘴巴的。也许他们确实破坏了一些对她丈夫不利的证据。您见过他们，您对他们两个人有什么感觉，汤米太太？"

"我喜欢她，"塔彭丝说，"我想她是，嗯，就像我说的，我称她为友善的女巫，使用的是白魔法而非黑魔法。"

"那他呢？"

"我怕他。"塔彭丝说，"不总是怕，只有一两次。他看上去突然变高大了，令人害怕。只有一两分钟。我不知道我在害怕什么，但就是害怕。我想，就像你说的，我感觉他的脑袋不太正常。"

"这种人挺多的，"史密斯先生说，"大部分时候一点危险都没有。但你也说不准，也不能确定。"

"今晚我们去牧师的住所做什么呢？"

"问一些问题。见一些人。再多找一些我们需要的信息。"

"沃特斯少校也去吗？那个给牧师写信寻找孩子的人？"

"似乎根本就没这个人！旧墓碑被挪走了，下面埋葬着一副棺材，一个孩子的棺材，用铅封住了，里面装满了赃物。从圣奥尔本斯附近抢劫到的珠宝和金器。给牧师写信是为了察看墓地的情况。当地男孩的破坏行为把事情搞得一团糟。"

## 3

"我非常抱歉，亲爱的，"牧师说着，伸出双手迎向塔彭丝，

"真的,亲爱的,发生在你身上的事让我深感不安。你这么好心。你这么做都是为了帮助我。我真心觉得,真的,我的确这么认为,都是我的错。我不应该让你去墓碑中间乱找,虽然我们真的没理由相信……不需要任何理由,会有一帮坏孩子——"

"别责怪自己了,牧师,"布莱小姐突然从他身旁冒了出来,说道,"我相信贝雷斯福德太太明白此事跟你无关。她提供帮助完全是出于热心肠,不过都过去了,而她现在也痊愈了。不是吗,贝雷斯福德太太?"

"当然。"塔彭丝说,她有点恼火,布莱小姐怎么能这么信心满满地代她回答健康状况?

"过来,坐在这儿,在后背靠个靠垫。"布莱小姐说。

"我不需要靠垫。"塔彭丝说,拒绝坐在布莱小姐好管闲事地拉过去的椅子上。相反,她坐在了壁炉另一侧一张非常不舒服的直背椅里。

前门传来一声尖锐的响声,屋子里的人都吓了一跳。布莱小姐匆匆跑了出去。

"别担心,牧师,"她说,"我去看看。"

"谢谢,你真是太好了。"

大厅外传来一阵低声交谈,接着,布莱小姐领着一个身着锦缎的高个子女人走进来,她身后是个高瘦的男人,面色惨白。塔彭丝盯着他。他披着一件黑色斗篷,瘦削而憔悴的脸仿佛来自另一个世纪。塔彭丝心想,他可能直接从格列柯①画布上走出来了。

---

①格列柯(El Greco, 1541—1614),西班牙画家,是一位天才而又非常复杂的人物。他的作品像一块多棱镜,曲折地反映了西班牙十六世纪下半叶动荡的西班牙社会和没落的旧贵族精神危机。

"见到你真高兴。"牧师对他说,接着转过身,"请允许我介绍菲利普·斯塔克爵士。贝雷斯福德先生及夫人,艾弗·史密斯先生。啊!博斯克温太太。我很久很久没见过你了——这是贝雷斯福德先生及夫人。"

"我见过贝雷斯福德先生,"博斯克温太太说,她看了看塔彭丝,"你好,"她说,"很高兴见到你。我听说你出了车祸。"

"是的,现在我已经好了。"

介绍结束,塔彭丝坐回椅子里,疲倦比以前更频繁地冲击着她。她对自己说,可能是因为脑震荡。她静静地坐着,双眼微闭,尽管如此,她还是仔细审查着房间里的每一个人。她没有听他们说什么,只是看着。她有种感觉,戏剧里的几个角色——这出她稀里糊涂卷入其中的戏剧——都集中在这里,就像他们在舞台上一样。事情都聚拢在一起,形成一个紧密的内核。菲利普·斯塔克爵士和博斯克温太太的出现,仿佛是两个幕后人物突然现身了。他们一直在那里,在圈子外面,但现在,他们走了进来。他们多多少少都牵绊其中。今晚,他们来了,为什么?她觉得奇怪。是有人邀请他们吗?艾弗·史密斯?是他要求他们出席,或者是礼貌邀请的?或者他们跟她一样,不认识他?她心想:"这一切都始于'煦阳岭',但'煦阳岭'并不是这一切的中心。这里才是,一直都是,在萨顿钱塞勒。事情就是在这里发生的。不是最近,几乎能确定不是最近,而是很久以前。事情跟兰卡斯特太太没有关系,但是兰卡斯特太太在不知不觉中被卷入其中。那么,兰卡斯特太太现在在哪儿?"

塔彭丝打了个冷战。

"我想,"塔彭丝心道,"我想也许她死了……"

塔彭丝觉得,如果是这样的话,她失败了。她开始为兰卡斯特太太担心，觉得兰卡斯特太太受到了某种危险的威胁，而她决心找到兰卡斯特太太，保护她。

"而如果她没死，"塔彭丝心想，"我仍然会调查到底！"

萨顿钱塞勒……所有另有深意、危险重重的事情都是从那里开始的。运河边的房子是其中一部分，也许是这一切的中心，或者萨顿钱塞勒本身才是？人们在这个地方来过、住过、离开过、逃离过、消失过，还有失踪后又现身的。就像菲利普·斯塔克爵士。

塔彭丝并没有转过头，只是目光移到了菲利普·斯塔克爵士身上。除了科普雷太太对村子里的居民滔滔不绝发表个人长篇大论时说到的事情之外，她对他一无所知。一个安静的男人，博学，一个植物学家，一位实业家——至少拥有工厂大部分的股份。因此是个有钱人，并且喜爱孩子。她又回到了这一点。又是孩子。运河边的房子和烟囱里的鸟儿，从烟囱里掉落出来的被什么人塞进去的布娃娃。孩子的布娃娃的身体里塞满了一大捧钻石——犯罪。大型犯罪团伙的总部之一。可是还有比抢劫罪更邪恶的罪行。科普雷太太说过："我总觉得没准就是他干的。"

菲利普·斯塔克爵士。杀人凶手？塔彭丝双眼半闭，头脑很清楚研究着他，思索着他与她构想中的凶手是否吻合，儿童杀手。

她不知道他的年龄。至少七十岁，也许更老一些。一张饱经风霜的苦行僧般的脸。那双黑色的大眼睛，如同格列柯画中的眼睛，还有瘦削的身体。

今天晚上他来到这里，为什么？她不知道。她看向布莱小姐。她有点心神不定地坐在椅子里，不时把小桌推近某个人，或者递过一个靠垫，挪动一下香烟盒或者火柴。一举一动都透露着不安。她看着菲利普·斯塔克爵士。每次放松下来，她就看向他。

"狗一样忠诚。"塔彭丝心想,"我想她肯定曾经爱过他。我想从某种程度来说,她仍然爱着他。你不会因为老了就不再爱一个人了。德里克和黛博拉那样的人不会这么认为。他们无法想象不再年轻的人会坠入爱河。但我认为布莱小姐仍然爱着他,绝望地、一心一意地爱着。不是有人说,是科普雷太太还是牧师说的,她年轻的时候是他的秘书,现在仍然打理他的事务?

"咳,"塔彭丝心想,"这太正常了。秘书经常会爱上她们的老板。所以说格特鲁德·布莱爱上了菲利普·斯塔克。那又怎么样?布莱小姐是否知道或者怀疑,在菲利普·斯塔克冷静、禁欲的性格背后,可怕疯狂的人格在大行其道?他一直很喜欢小孩子。"

"他对孩子过于喜爱了,我觉得。"科普雷太太说过。

的确如此。可能这就是他看上去备受煎熬的原因。

"除非你是病理学家或精神科医生,不然你就无法了解杀人狂。"塔彭丝心想,"他们为什么想杀死孩子?是什么让他们产生了那种冲动?事后会后悔吗?会感到恶心吗?对自己极度不满吗?也会感到恐惧吗?"

这时她注意到他的目光落在了自己身上。他和她四目相遇,眼神中似乎另有含义。

"你正在琢磨我,"他的双眼说道,"没错,你想的是对的。我是个备受折磨的人。"

没错,这么形容他太确切了,他是个备受折磨的人。

她猛然把目光移开,然后落在了牧师身上。她喜欢牧师。他是个可爱的老人。他知道些什么吗?塔彭丝心想,也许吧。他一直生活在邪恶与混乱之中,但他从未产生怀疑。也许在他周围发生了很多事，但他对此一无所知，因为他有种令人有些不安的纯洁气质。

博斯克温太太？但是想了解博斯克温太太是很难的。一个中年女人，有个性，就像汤米说的。但他表达得不够充分。仿佛受到了塔彭丝的召唤一般，博斯克温太太猛地站起身。

"不知道我可否用一下楼上的洗手间？"她问。

"哦，当然了。"布莱小姐跳将起来，"我带你去。可以吗，牧师？"

"我认识路，"博斯克温太太说，"不必麻烦——贝雷斯福德太太？"

塔彭丝有点吃惊。

"我带你四处看看吧，"博斯克温太太说，"看看这里的摆设。跟我来。"

塔彭丝站起来，顺从得像个小孩。她当然不想承认这一点。但她知道自己受到了召唤，而当博斯克温太太召唤你的时候，你无法抗拒。

博斯克温太太穿过大厅门口，塔彭丝跟在她身后。博斯克温太太朝楼梯走去，塔彭丝亦步亦趋地跟在她身后。

"客房在楼顶，"博斯克温太太说，"已经准备好了。里面有洗手间。"

她打开楼梯尽头的门，走进去，打开灯，塔彭丝也跟了进去。

"在这里见到你很高兴。"博斯克温太太说，"我想应该能见到你。我替你担心。你丈夫告诉你了吗？"

"我想您的确这样说过。"塔彭丝说。

"是的，我很担心。"她关上身后的门，好像两个人关在一个秘密场所进行秘密会谈,"你有没有感觉,"爱玛·博斯克温说,"萨顿钱塞勒是个危险的地方?"

"对我来说是危险的。"塔彭丝说。

"是的,我知道。还好没那么严重,但是,没错,我想我能理解这一点。"

"你知道些什么事,"塔彭丝说,"你对这里的一切都很了解,不是吗?"

"从某种程度上来说,"爱玛·博斯克温说,"是的;但从某种程度上说,也不是。要知道,人有直觉。当它们被证明是正确的时候,情况就让人担心了。这整个犯罪集团的事,太离奇了。好像也没什么瓜葛——"她突然打住了。

"我是说,这种事情时有发生。但现如今的犯罪集团组织相当严密,就像经营企业一般。其实也没什么危险的,你知道,犯罪活动对我们没什么威胁。我觉得是其他事。你要知道危险在哪里,如何提防。必须小心,贝雷斯福德太太,你真的要小心。你容易操之过急,这么做很危险。这里并不安全。"

塔彭丝缓缓说道:"我的老姨妈,或者说是汤米的老姨妈,有人跟她说,在她去世的那家养老院里,有一个杀手。"

爱玛缓缓地点了点头。

"那家养老院里死了两个人,"塔彭丝说,"而医生对死因并不确定。"

"这是你开始调查的原因?"

"不是,"塔彭丝说,"是更早之前的事。"

"如果你有时间,"爱玛·博斯克温说,"可否简单快速地跟我说说,用最快的速度,因为可能有人会打断我们,就说在养老院发生了什么事,你又为什么开始调查?"

"好的，我快点跟你说。"塔彭丝说完依言讲述了一遍。

"明白了，"爱玛·博斯克温说，"而你不知道那位老太太，兰卡斯特太太，现在在哪儿？"

"是的，我不知道。"

"你觉得她死了？"

"我想是的，也许吧。"

"因为她知道一些事？"

"是的，她知道一些事。关于谋杀的事。也许是被杀害的孩子的事。"

"我觉得你弄错了，"博斯克温太太说，"也许有个孩子牵涉其中，但是她搞混了。我是说你提到的老太太。她把孩子的事跟别的事弄混了，别的凶杀案。"

"我觉得不可能。老人是会把事情搞混。但确实有一个儿童杀人犯逍遥法外，不是吗？我在这里寄宿的房东太太也是这么说的。"

"在这一片地区发生过几起儿童谋杀案，没错。但那是很久以前的事了。我不清楚。牧师也不知道。那时他还没来这里。但布莱小姐在这里。是的，没错，她肯定在这里。那时她还是个非常年轻的姑娘。"

"我想是的。"

塔彭丝又说："她一直爱着菲利普·斯塔克爵士吗？"

"你看出来了，是吧？是的，我想是的。绝对忠诚的程度远超偶像崇拜。我们第一次来这里的时候就注意到了。威廉和我。"

"你们为什么来这里？你们住在运河小屋里吗？"

"没有，我们从没在那里住过。他喜欢画那座房子，画过好几次。你丈夫拿给我看的那幅画呢？"

"他又带回家了。"塔彭丝说,"他跟我说你说了那条船的事,你丈夫并没画那条船,那条叫睡莲的船——"

"是的。不是我丈夫画的。我最后一次见到那幅画的时候,上面没有船。是别人加上去的。"

"然后起名为睡莲,还有一个不存在的人,沃特斯少校,写信问一个小孩的坟墓,一个叫莉莲的孩子,但根本就没有小孩葬在那个坟墓里,只是一副小孩的棺材,装满了一次大型抢劫所得的赃物。画上去的那条船肯定是条信息,暗示赃物藏匿地点的信息,似乎跟犯罪有所关联……"

"好像是,是的,但你也不能确定——"

爱玛·博斯克温猛地打住话头。她飞快地说道:"她上来找我们了。去洗手间——"

"谁?"

"内莉·布莱。快去洗手间,把门闩好。"

"她真爱管闲事。"塔彭丝说,躲进了洗手间。

布莱小姐打开门,走了进来,轻快而热心地说:

"哦,希望你要用的东西都找到了,"她说,"这里有新毛巾、新香皂,对吧?科普雷太太来帮牧师打理家务,不过我真的需要过来看看她是不是都安排周到了。"

博斯克温太太和布莱小姐一起下楼了。等她们到达客厅的时候,塔彭丝也赶了过去。她走进房间的时候,菲利普·斯塔克爵士站了起来,替她拉开椅子,等她落座后,便在她身边坐了下来。

"这样是不是感觉好一些,贝雷斯福德太太?"

"是的,谢谢您。"塔彭丝说,"非常舒服。"

"很抱歉,我听说——"他的声音隐约带有磁性,虽然像幽灵发出的声音般遥远而单调，但有种莫名的深沉，"你出事了，"他说，"现如今真是可悲，车祸无处不在。"

他的眼神在她脸上扫来扫去，她心想："他正在研究我，就像我刚才研究他。"她敏锐地扫了一眼汤米，但汤米正在跟爱玛·博斯克温说话。

"你最初来萨顿钱塞勒是为什么呢，贝雷斯福德太太？"

"哦，我们只是随便在乡下找间房子，"塔彭丝说，"我丈夫出门去开会了，我想我可以去一个可能合适的乡村看一下，只想看看大概的环境，要支付的价钱什么的。"

"我听说你去看了运河边的房子？"

"是啊。我记得我有次坐火车的时候见过。从外面看很吸引人。"

"是啊。但我觉得就算是房子的外部也需要好好装修一下了，屋顶啊什么的。另外一面就没那么吸引人了，对吧？"

"是的。我觉得把房子分成两半很奇怪。"

"哦，"菲利普·斯塔克说，"每个人的想法不一样，不是吗？"

"您从来没在那里住过，是吗？"塔彭丝问。

"是的，确实没住过。很多年前，我的房子被烧毁了，只留下一些废墟。我想你也见到了，或者别人指给你看过了。它比这座牧师住所要高一些，在山上面——至少这里的人称其为山。没什么值得夸耀的。那座房子是我的父亲在一八九〇年左右建造的，是座豪宅，哥特式饰面，带点巴尔莫勒尔条纹。现如今的建筑师又开始推崇那种风格了，但四十年前人们一看到就害怕。所谓绅士的房子里应该有的东西，里面一应俱全。"他语气略带讽刺，"一间台球房，一间晨用起居室，女士们专用客厅，宽敞的餐厅，舞厅，有大概十四间卧室，曾经有，我想应该是十四个仆人服侍。"

"听上去您似乎并不喜欢那房子。"

"我从没喜欢过。我父亲对我很失望。他是个非常成功的工业家。他希望我可以继承他的产业。但是我没有。他对我很好，给了我一大笔钱，或者说津贴，以前都这么说。他让我走自己的路。"

"我听说您是个植物学家。"

"是啊，那是我的娱乐方式之一。我以前经常去寻找野花，尤其是在巴尔干半岛地区。你去巴尔干半岛地区采集过野花吗？那里是采野花的好去处。"

"听上去很吸引人。您经常回来住吗？"

"我很多年没在这里住过了。其实，自从我妻子去世后，我就再也没回来过。"

"哦，"塔彭丝有点窘迫，"哦，我，我很抱歉。"

"都是很多年前的事了。她是战前去世的，一九三八年。她是个非常美丽的女人。"

"现在您家里还留有她的照片吗？"

"哦，没有，房子是空的。所有的家具、画像什么的都运到其他地方保存起来了。那里只有一间卧室、一间办公室和一间起居室，我的代理人来的时候使用，要是我来这里处理房产业务，也可以暂住。"

"从来没有想过出售吗？"

"没有。有人说这里的土地会被开发。我不知道。并非我对它有感情。我父亲希望他能创建一个家族王朝，由我来继承，我的孩子再继承我的事业，如此代代相传。"他顿了顿，又说，"但茱莉亚和我一直没有孩子。"

"哦,"塔彭丝柔声说道,"我明白了。"

"所以来这里也没什么意义了。事实上我极少来这里。有什么需要处理的,内莉会帮我做的。"他远远地冲她微微一笑,"她是我最得力的秘书,现在仍为我处理各种事务。"

"您从来不住这里,但是不想卖掉它?"塔彭丝问。

"我有很重要的理由。"菲利普·斯塔克说。

严肃的脸上浮现出一抹淡淡的微笑。

"也许,毕竟我继承了父亲的一些商业意识。要知道,这块土地的价值在逐年攀升。每天都在增值。也许有一天我们会在那块土地上建造一个全新的郊外住宅区,谁知道呢。"

"那时您就发财了?"

"到时我会比现在更富有,"菲利普爵士说,"而我现在已经够富有了。"

"大部分时间您都在做些什么呢?"

"旅行,我对伦敦很感兴趣。我在那里有个画廊,我也算是一个画商。那些事情很有趣,可以用来打发时间——直到一只手搭在你的肩膀上,说:'走吧。'"

"别这么说,"塔彭丝说,"听上去让人害怕。"

"别害怕,我想你会长命百岁的,贝雷斯福德太太,而且会有个幸福的晚年。"

"嗯,现在我很幸福,"塔彭丝说,"但我想我会跟所有老年人一样,病痛交加,又聋又瞎,还有关节炎什么的。"

"到那个时候,也许你没有你想象的那么介怀,请恕我冒昧,你和你丈夫似乎生活得很快乐。"

"哦,是的,"塔彭丝说,"我想确实是这样。"她说,"生命中没什么能比得上幸福的婚姻,是吗?"

  片刻之后,她就后悔说那句话了。她看着对面的老人,这么多年来他一直在为失去爱妻而悲伤不已,她更生自己的气了。

## 第十六章　翌晨

### 1

聚会后的第二天早晨。

艾弗·史密斯和汤米停止交谈，相互望了一眼，又看向塔彭丝。塔彭丝正在凝视壁炉，思绪显然飘远了。

"我们说到哪里了？"汤米问。

塔彭丝叹口气，收回飘荡的思绪，看着两个男人。

"在我看来好像还是有关联的，"她说，"昨天的聚会，目的是什么？有什么意义吗？"她看着艾弗·史密斯，"我想对你们两人而言有什么意义吧。你知道我们到哪一步了吗？"

"我还不能这么说。"艾弗说，"我们追求的并不相同，是吧？"

"也不一定。"塔彭丝说。

两个男人都不解地看着她。

"好吧，"塔彭丝说，"我是个有强迫症的女人。我就想找到兰卡斯特太太，确定她平安无事。"

"你得先找到约翰逊太太，"汤米说，"你别想找到兰卡斯特太太，除非你找到约翰逊太太。"

"约翰逊太太，"塔彭丝说，"是的，我不知道，但我想你对这些事情一点兴趣都没有吧。"她对艾弗·史密斯说。

"哦,我有兴趣,汤米太太,我很感兴趣。"

"艾克尔斯先生如何了?"

艾弗微微一笑。"我想,"他说,"报应很快就会降临在艾克尔斯先生身上。不过我并不指望这个。他在掩盖罪证方面有着不可思议的聪明才智,以至于你都觉得根本就没有罪证。"他若有所思地轻声补充道,"一个优秀的管理者。一个出色的谋划者。"

"昨晚——"塔彭丝欲言又止,迟疑道,"我能问几个问题吗?"

"可以问,"汤米回答道,"但别指望能从老艾弗这里得到什么满意的答案。"

"菲利普·斯塔克爵士,"塔彭丝说,"他为什么会牵涉进来?他看上去不像个罪犯,除非他是那种——"

她打住了,急急忙忙把科普雷太太对儿童杀手的猜想的话咽进肚子里。

"菲利普·斯塔克爵士参与进来,是因为他为我们提供了很有价值的信息,"艾弗·史密斯说,"他是这片地区最大的土地所有者,他在英国其他地方也有土地。"

"在坎伯兰郡?"

艾弗·史密斯锐利地盯着塔彭丝。"坎伯兰?你为什么提坎伯兰?关于坎伯兰,你知道些什么,汤米太太?"

"不知道,"塔彭丝说,"不知怎么就从我脑子里冒出来了。"她皱皱眉,一脸困惑,"房子旁边有一朵红白相间的玫瑰花——老品种的玫瑰花。"

她摇摇头。

"菲利普·斯塔克爵士是运河小屋的房主吗?"

"他是那块土地的主人——这一带大部分土地都是他的。"

"对,他昨晚也是这么说的。"

"通过他,我们了解到许多用复杂的法律手段巧妙地掩盖起来的租赁内幕——"

"我在马克巴桑广场见过的那些房产代理公司——都是伪装的吗,还是只是我的想象?"

"不是想象。今天上午我们打算过去拜访。我们要问几个令人尴尬的问题。"

"很好。"塔彭丝说。

"我们干得不错。我们清查了一九六五年邮局大劫案,奥尔伯里克罗斯抢劫案,还有爱尔兰邮政列车案,找到部分赃物。他们在那些房子里安装了一些巧妙的装置,一座房子里新建了一个浴缸,另一座房子里增加了一些服务式房间——其中一些房间比标准尺寸小很多,这样就可以把赃物放进壁龛里面了。没错,我们发现了很多东西。"

"但人呢?"塔彭丝说,"我指的是谋划的人,指挥的人——我是说,除了艾克尔斯先生以外。一定还有其他人了解内情。"

"哦没错。还有几个人,其中一个人经营着一家夜总会,就在M1区,非常方便。他们叫他快乐的哈米什。他狡猾得像条鳗鱼。还有一个女人,他们叫她杀手凯特,但那是很久之前的事了,她是个让我们尤为感兴趣的罪犯。一个漂亮的姑娘,但她的心理状况很不稳定,他们就把她打发走了。她也许会威胁到他们。他们最关心的是业务,谋财但不害命。"

"而运河小屋是他们其中一个藏匿地点吗?"

"他们曾经管它叫'贵妇草坪'。它有过很多个名字。"

"我想那只是为了让事情更复杂。"塔彭丝说,"贵妇草坪。

不知道跟什么特别的事有关。"

"它应该跟什么有关?"

"咳,也没什么。"塔彭丝说,"只是让我想到另外一件事,如果你明白我的意思的话。问题是,"她补充道,"我也不知道我自己是什么意思。还有那幅画。博斯克温画了那幅画,后来又有个人在上面画了条船,写上了船的名字——"

"虎皮百合。"

"不是,睡莲。而他妻子说他没有画那条船。"

"她怎么知道?"

"我想她是知道的。如果你嫁给了一位画家,尤其是你自己也是个艺术家,我想你能看出画风的不同。我觉得她有点吓人。"塔彭丝说。

"谁,博斯克温太太?"

"是的。如果你懂我的意思,强而有力,非常强势。"

"也许吧,是的。"

"她知道一些事。"塔彭丝说,"但我不确定她是不是因为她知道那些事所以才知道那些事,不知道你明不明白我说的话。"

"我不明白。"汤米坚定地说。

"哦,我是说,你可以通过一种方式了解内情,也可以通过感觉了解内情。"

"这正是你自己做事的方式,塔彭丝。"

"随你怎么说吧,"塔彭丝说,显然她仍遵循原来的思路,"整件事都围绕着萨顿钱塞勒,围绕着贵妇草坪或运河小屋。在那里住过的所有人,现在的,过去的;我认为有些事可以追溯到很久以前。"

"你想到科普雷太太了。"

"总体而言，"塔彭丝说，"我认为科普雷太太说了很多事，这让一切更加复杂了。我觉得她把时间地点都弄混了。"

"乡下人，"汤米说，"是这样的。"

"我知道，"塔彭丝说，"毕竟我就是在乡村教区长大的。他们依靠事件而非年份标记时间。他们不会说'那件事发生在一九三〇年'或'那件事发生在一九二五年'之类的话。他们会说'那件事发生在老磨坊被烧毁的第二年'或'那件事发生在闪电击中了大橡树，詹姆斯被电死之后'，或者'小儿麻痹症疫情暴发的那一年'。所以，当然，他们所记得的事情自然没有特定的顺序。太难了，"她补充道，"不过就是这里冒出一件，那里冒出一件，如果你明白我的意思。当然，问题在于，"她像是突然间有了什么重大发现一般，"问题在于我老了。"

"您永远年轻。"艾弗殷勤地说。

"别傻了，"塔彭丝尖酸刻薄地说，"我老了，因为我也是这么记事的。我又用原始的方式来帮助记忆了。"

她站起身，在房间里绕着圈走来走去。

"这家旅馆真烦人。"她说。

她走进自己的卧室，又走了回来，摇着头。

"没有《圣经》。"

"《圣经》？"

"是的。旧式旅馆里，床头总会有一本《圣经》。我想这样不管白天还是夜晚你都能得到救赎。唉，这里没有《圣经》。"

"你想要一本吗？"

"嗯，很想要。我从小家教良好，曾经像任何一个牧师的女儿那样熟读《圣经》。但现在，你瞧，人们很健忘。尤其在教会里，人们都不肯好好读经了，他们给你一些新版的《圣经》，我想，措辞都没问题，翻译得也正确，但听上去跟以前就是不一样。你们俩去房产代理公司的时候，我要开车去萨顿钱塞勒。"她又说。

"去干什么？不许去。"汤米说。

"胡说——我不是去侦查，我只是去趟教堂，看看《圣经》。如果是新版本的，我就去问问牧师，他会有《圣经》的，不是吗？我是说以前的版本，钦定版本。"

"你要钦定版本干吗？"

"我只是借此重新回忆一下小孩墓碑上的那些文字……我对它们很有兴趣。"

"听着是挺好的，但我不相信你，塔彭丝，我不相信你离开我的视线之后不会惹麻烦。"

"我向你保证我不会再去墓地乱找了。到沐浴在阳光之中的教堂去看看，去牧师的书房待会儿，仅此而已，还能有什么坏处？"

汤米怀疑地看着妻子，还是让步了。

# 2

把车停在萨顿钱塞勒的停柩门旁边之后，塔彭丝先是仔细四处查看，然后才走进教堂。在一个特定的地点遭受严重的身体伤害之后就会有这种本能的怀疑。这一次，墓碑后面似乎没有袭击者潜伏。

她走进教堂，一个上了年纪的女人正跪在地上擦拭几件黄铜制品。塔彭丝踮着脚走上讲经台，试探着看了看放在上面的《圣经》。擦拭铜器的女人不满地瞥了她一眼。

"我不会偷走它的。"塔彭丝宽慰她道,然后小心地合上书,蹑手蹑脚地走出教堂。

她本来想去最近挖掘出东西的那个地方察看一下,但她保证过不会这么做了。

"无论是谁侵犯,"她自言自语地嘟囔着,"也许是这个意思,但如果是这样,应该是某个人——"

她开车行驶了一小段路程来到牧师的住所,然后下车,走上前门的小径。她按了门铃,但里面没有传来叮当声。"我想是铃坏了。"塔彭丝说,她知道牧师住所的铃都有这个毛病。她推推门,门便自己开了。

她站在门厅里。桌子上有个大信封,一张外国邮票占据了信封相当大的面积。上面的地址是一个非洲的传教会。

"幸好我不是传教士。"塔彭丝心想。

在这种模糊的想法背后,还有些别的什么事,跟某个地方的门厅桌上的东西有关,她应该记得……花?叶子?信还是包裹?

这时,牧师从左边的一扇门走进来。

"哦,"他说,"你找我?哦,是贝雷斯福德太太吧,对吗?"

"没错。"塔彭丝说,"我找您其实是想问问您是不是刚好有一本《圣经》。"

"《圣经》,"牧师说,一脸因意外而疑惑的表情,"一本《圣经》。"

"我想也许您会有。"塔彭丝说。

"当然了,当然了,"牧师说,"事实上,我想我有好几本。我还有一本希腊文《新约》。"他抱有希望地说,"我想你不会是要这本吧?"

"不是,"塔彭丝说,"我想要,"她坚定地说,"钦定版。"

"哎呀,"牧师说,"当然,我这里有好几本呢。是的,好几本。很遗憾,现在教会都不用那个版本了。要知道,我们要遵从主的旨意,而主教非常热衷于推进现代化,是为了年轻人。我觉得很遗憾。我书房里有太多书了,你知道,只好把一部分推到另一部分的后面。但我想我能帮你找到你想要的那本。我想可以的。如果找不到,我们就去问问布莱小姐,她正在这里为孩子们找花瓶,帮他们把花插进花瓶,摆在教堂的儿童角里。"他留下塔彭丝在门厅,返回刚刚从里面出来的那个房间。

塔彭丝没有跟过去。她站在门厅里,皱着眉头思索着。门厅尽头的门开了,她猛然抬起头,看到布莱小姐走了过来,托着一只沉重的金属花瓶。

几件事同时在塔彭丝脑袋里碰撞着。

"当然,"塔彭丝说,"当然。"

"哦,需要帮忙吗?我,哦,是贝雷斯福德太太。"

"是我,"塔彭丝说,又说,"而这位是约翰逊太太,不是吗?"

沉重的花瓶掉在地上。塔彭丝弯下腰捡了起来。她用手掂了掂。"很合手的一件凶器。"她说,她放下花瓶,"正好可以从背后打人,"她说,"这就是你对我做的,对吗,约翰逊太太?"

"我,我,你说什么?我,我,我从没——"

但塔彭丝无须再待在那里了。她看到自己的话产生的效果了。第二次提到约翰逊太太的时候,布莱小姐已经明确无误地暴露了自己的身份。她瑟瑟发抖,惊慌失措。

"那边,在你家门厅的桌上有封信,"塔彭丝说,"是给坎伯兰某个地方的约克太太的。就是你把她送到那个地方的,不是吗,约翰逊太太,在你把她从'煦阳岭'带走之后?她现在就在那里。约克太太或者兰卡斯特太太,两个名字你都用,约克和兰卡斯特,就像佩里家花园里的红白相间的玫瑰——"

她飞快转过身,走出牧师的房子,留下布莱小姐在门厅,靠在楼梯上,张着嘴,睁大眼睛盯着她的背影。塔彭丝沿着门前小路跑出去,跳进车子开走了。她回头看了看前门,但没人走出来。她开车经过了教堂,打算回马克巴桑,但突然之间改变了主意。她调转车头,原路开了回去,往左拐入通向运河小屋的小桥的那条公路上。她停下车,看看大门,想看一下佩里夫妇中谁会在花园里,但一个人影也没见到。她走进大门,沿着小路来到后门。门窗紧闭。

塔彭丝有些气恼。也许爱丽丝·佩里去马克巴桑买东西了。她特别想见到爱丽丝·佩里。塔彭丝敲敲门,起初是轻叩,后来声音越来越大。没人应门。门锁上了。她站在那里,犹豫不决。

她很想问爱丽丝·佩里几个问题。也许佩里太太在萨顿钱塞勒。也许会回来。运河小屋的一个麻烦之处就在于附近从来不见人影,也几乎没什么车辆经过小桥,连个能打听佩里夫妇上午可能在哪里的人都没有。

## 第十七章 兰卡斯特太太

### 1

塔彭丝皱着眉站在那里，这时，门突然出人意料地开了。塔彭丝向后退了一步，喘着粗气。她怎么也没想到会见到面前这个人。门口这个人，跟她在煦阳岭见到的穿着一模一样，笑容也是一样的浅淡温和——正是兰卡斯特太太本人。

"呃。"塔彭丝说。

"早上好。你找佩里太太吗？"兰卡斯特太太说，"要知道，今天是赶集日，幸好我能让你进屋，我有段时间都没找到钥匙。我觉得这肯定是后来配置的钥匙，是吧？快进来吧。也许你愿意喝杯茶什么的。"

就像做梦一般，塔彭丝迈进门槛。兰卡斯特太太仍然优雅得像个女主人，带她走进客厅。

"请坐吧，"她说，"恐怕我不知道杯子什么的在哪里。我才来这里一两天。现在让我想想……但是，肯定是的，我以前见过你，是吗？"

"是的，"塔彭丝说，"您在'煦阳岭'的时候。"

"煦阳岭，煦阳岭。这让我想起了什么事。哦，当然了，亲爱的帕卡德小姐。没错，是个好地方。"

"您离开得很突然，不是吗？"塔彭丝说。

"现在的人都很专横跋扈，"兰卡斯特太太说，"催得你团团转，根本不给你时间安排一下或者好好收拾东西。我相信是出自一番好心。当然了，我很喜欢亲爱的内莉·布莱，但她是个喜欢支配别人的女人。我有时候想，"兰卡斯特太太俯身靠近塔彭丝，补充道，"我有时候想，你知道，她不是很——"她意味深长地拍拍额头，"当然，的确有这种事。尤其是老处女。未婚女人，你知道。对工作什么的特别积极，但有时候也有些古怪的念头。遭罪的是牧师。有时候她们似乎认为这些牧师向自己求过婚，但实际上他压根儿就没想过。哦，没错，可怜的内莉。有时候很明智。她在这个教区做得很好。我相信她一直都是个一流的秘书。不过有时候她也会有些古怪的念头。比如，突然就把我从煦阳岭带走了，然后又来到坎伯兰，一座暗无天日的房子，然后又突然把我带到这里——"

"您现在住在这里吗？"塔彭丝问。

"哦，也可以这么说吧。总之这是个古怪的安排。我只在这里待了两天。"

"在此之前，您是在罗斯特里斯养老院吗？"

"是的，我相信是这个名字。不如'煦阳岭'好听，你觉得呢？事实上我在那里住得一点也不安稳，如果你明白我的意思的话。经营得不好，服务差，咖啡也是杂牌的。不过我也慢慢习惯了，认识了一两个有趣的伙伴。其中有个人多年前在印度的时候跟我姑妈很熟悉。要知道，能找到个跟你有关系的人真让人高兴。"

"肯定是的。"塔彭丝说。

兰卡斯特太太继续兴致勃勃地说着：

"现在，让我想想，你去过'煦阳岭'，但不是去那里住的。我想你是去看望那里的人吧。"

"我丈夫的姨妈。"塔彭丝说，"范肖小姐。"

"哦，是。没错，当然。我记起来了。你不是有个孩子在壁炉后面吗？"

"没有，"塔彭丝说，"不，那不是我的孩子。"

"但你是为这件事才来这里的，不是吗？这里的一个烟囱出了问题。一只鸟掉进去了，我理解是这样。这个地方需要修理。我一点都不想住在这里。不，一点也不想，下次我一见到内莉就告诉她。"

"您跟佩里夫妇住在一起吗？"

"哦，从某种角度来说是的，而从某种角度来讲又不是。我想我可以告诉你一个秘密，是吗？"

"哦是的，"塔彭丝说，"您可以相信我。"

"哎，其实我不住在这里。我是说不住在房子的这一部分。这是佩里夫妇住的地方。"她向前探了探身，"要知道，还有另外一半，在楼上。跟我来吧，我带你看看。"

塔彭丝站起身。她感觉自己进入了一个疯狂的梦境之中。

"我得先锁上门，这样更加安全。"兰卡斯特太太说。

她带着塔彭丝走上一段狭窄的楼梯，来到二楼。她带着她穿过一间双人房——估计是佩里夫妇的房间，穿过一扇门，来到隔壁一个房间。里面有个盥洗台，还有一个高高的枫木衣柜，就没别的东西了。兰卡斯特太太走向枫木衣柜，在它背后摸索着，突然就轻松地把它推到了一边。衣柜好像装有小脚轮，因此很容易就把它从墙边推开了。令人吃惊的是，衣柜后面是个壁炉。壁炉上方是面镜子，镜子底端是个小架子，上面放着几只瓷质小鸟。

让塔彭丝讶异的是，兰卡斯特太太抓住壁炉架中间的那只小鸟，用力一拉。显然，小鸟粘在了壁炉架上面。其实塔彭丝已经敏锐地察觉到所有的鸟都被牢牢地固定住了。但是兰卡斯特这个动作，让整个壁炉"咔嗒"一下从墙上脱离，向前移动。

"很巧妙，不是吗？"兰卡斯特太太说，"要知道，这是很久以前他们装修房子的时候设计的。他们管这个房间叫牧师洞，但我认为这不是牧师的洞。不，跟牧师一点关系也没有。我一直都是这么认为的。进来，我现在住在这里。"

她又推了一下。她前面的墙也向后移，片刻之后她们就置身于一个布置精美的大房间里，透过窗户可以看到运河和对面的小山。

"漂亮的房间，不是吗？"兰卡斯特太太说，"如此美丽的景色。我一直都很喜欢它。要知道，我年轻的时候在这里住过。"

"哦，我明白了。"

"不吉利的房子，"兰卡斯特太太说，"不，他们总说这座房子不吉利。我想，你知道，"她又说，"我想我应该再把门关上。还是小心一点好，是吧？"

她伸出一只手，把她们刚才经过的那扇门关上。机器回到原来位置的时候发出一声尖厉的"咔嗒"声。

"我想，"塔彭丝说，"他们想要用这房子当藏匿点的时候，对它做了一些改动，这就是其中之一。"

"他们做了很多改动，"兰卡斯特太太说，"坐下吧。你喜欢高椅子还是矮椅子？我喜欢高椅子。要知道，我的风湿病很重。我想你会以为这里可能有个孩子的尸体。"她补充道，"真是个荒唐的想法，你不是这么想的吗？"

"是的,也许吧。"

"警察和强盗。"兰卡斯特太太语气宽容,"要知道,一个人年轻的时候总是很蠢,做的一些蠢事。歹徒,大劫案,对年轻人来说很有吸引力。年轻人觉得当枪手的情人是世界上最刺激的事。我曾经也是这么想的。相信我——"她向前探了探身子,拍拍塔彭丝的膝盖,"相信我,不是这样的。真的不是。我曾经是这么认为的,但你知道,一个人想要的不止这些。偷了东西然后逃跑其实真的没什么刺激的。当然了,需要好的组织。"

"您是说约翰逊太太或布莱小姐,不论您怎么叫她——"

"哦,当然了,对我而言她从来都叫内莉。但出于这样或那样的原因,她说是为了方便起见,她时不时地自称约翰逊太太。但要知道,她从来没结过婚。哦,从没。她一直独身。"

楼下传来敲门声。

"老天,"兰卡斯特太太说,"肯定是佩里夫妇回来了。没想到他们回来得这么快。"

敲门声还在继续。

"也许我们应该让他们进来。"塔彭丝说。

"不,亲爱的,我们不能那么做。"兰卡斯特太太说,"我无法忍受人们总来打扰我。我们在楼上聊得很愉快,不是吗?我想我们就待在这里好了——哦,老天,现在他们去窗户下面叫喊了。去看看是谁。"

塔彭丝走到窗前。

"是佩里先生。"她说。

佩里先生在下面大声喊道:

"茱莉亚!茱莉亚!"

"没礼貌,"兰卡斯特太太说,"我不允许像阿莫斯·佩里这种人叫我的教名。不，不允许。别担心，亲爱的，"她又说，"我们在这里很安全。我们可以好好地聊个天。我把我所有的事都告诉你，我这一辈子真的很有趣，跌宕起伏，有时候我觉得我应该写下来。我很复杂的，你知道。我是个野姑娘，我跟一群，呃，真的很普通的罪犯，搅和在一起。不提了。其中有些人很讨厌。我跟你说，里面的确有不错的人。地位很高。"

"布莱小姐？"

"不，不，布莱小姐跟犯罪扯不上任何关系。那里面没有内莉·布莱。哦，不，要知道，她很虔诚的，信仰坚定之类的。但信仰也有不同的方式。也许你知道这一点，是吗？"

"我想，有很多不同的教派吧。"塔彭丝说。

"没错，必须有不同的教派，为了普通人的信仰。但还有一些普通人之外的人。他们是一群特别的人，有特别的使命，是特殊军团。你明白我说的吗，亲爱的？"

"我觉得我不明白。"塔彭丝说，"您认为我们不应该让佩里夫妇进自己的家吗？他们越来越烦躁了——"

"不，不让佩里夫妇进来。直到，哦，直到我把所有事都告诉你。你千万不要害怕，亲爱的。这非常，非常自然，没有坏处。没有任何痛苦。就像是要睡觉一样。没有坏处。"

塔彭丝盯着她，然后她跳起来，朝着墙上的门走去。

"你不能从那里出去，"兰卡斯特太太说，"你不知道开关在哪里。它根本不在你以为的那个地方。只有我知道。我知道这个地方的全部秘密。我年轻的时候跟一帮罪犯住在这里，后来我离开了他们，得到了拯救，特殊的拯救。我得到了一样东西，赎我的罪，一个孩子，知道吗，我杀死了他。我以前是个舞蹈演员，我不想要孩子，在那里，在墙上，是我的画像，跳舞时的——"

塔彭丝顺着她手指的方向看去。墙上挂着一幅油画，一幅全身像，女孩穿着白缎荷叶边演出服，演的是传说中的"睡莲"的故事。

"睡莲是我演得最成功的角色。每个人都这么说。"

塔彭丝慢慢走回椅子坐下，盯着兰卡斯特太太。与此同时，她脑海中回想着一句话，一句在"煦阳岭"时听到的话。"那可怜的孩子是你的吗？"那时她很害怕，很害怕。现在也很害怕。她也不确定自己害怕什么，只是看着那张和蔼的脸与亲切的笑容就让她毛骨悚然。

"我不得不遵守下达给我的命令，总要有人担当毁灭的使者。我被选中了。我接受了命令。你瞧，他们从罪恶中解脱了。我是说，那些孩子无罪了。他们太小，不会犯罪，仍然是清白无辜的。所以我遵照命令把他们送进了天国。他们仍然是清白无辜的，还不知道什么是罪恶。你可以想象被选中是多么大的荣耀。成为被特别选中的那一个。我一向很喜欢孩子。我自己没有孩子。这很残酷，不是吗，或看上去很残酷。不过那真的是对我的行为的报应。也许你知道我做过什么。"

"不知道。"塔彭丝说。

"哦，你好像知道很多事。我以为那件事你也知道。有一个医生。我去找他。那时候我才十七岁，我很害怕。他说拿掉孩子不会有事的，这样就没人知道了。但你瞧，还是出事了。我开始做噩梦。我梦见我的孩子还在我肚子里，问我她为什么不能活下去。孩子告诉我她想有人陪着她。要知道，是个女孩。是的，我确定是个女孩。她来了，说想要其他小孩做伴。于是我就得到了命令。我没法再有孩子了。我结了婚，以为我会有孩子。我的丈夫也迫切地希望有个孩子，但没用，因为我被诅咒了。你明白这一点，是吧？但还有个办法，一个赎罪的办法。弥补我所做的一切。我做的就是谋杀，用杀人赎杀人罪。因为以后的谋杀就不是真正的谋杀了，他们是祭品，他们应该被献出。你明白这其中的区别，不是吗？那些孩子去跟我的孩子做伴。不同的年龄，但都是小孩子。命令下达之后，我——"她探身向前，碰了碰塔彭丝，"做那种事真令人愉快。你明白吧？豁免他们真令人愉快，这样他们就不会像我那样了解到罪恶了。这件事我谁都不能告诉。但有时候还是会有人知道或者怀疑。当然了，我是说，他们也得死，我才能安全。所以我一直很安全。你明白，是吗？"

"不，不太明白。"

"但你就是明白。所以你才来到这里，不是吗。你知道的。那天我在煦阳岭问你的时候你就知道。我从你脸上看出来了。我说：'那可怜的孩子是你的吗？'我想你会过来的，也许因为你是个母亲。我杀的其中一个孩子的母亲。我希望你下次再来，然后我们一起喝杯牛奶。通常都是咖啡，有时候是可可。知道我事情的任何人。"

她缓步走到房间另一头，打开房间角落里的一个橱柜。

"穆迪太太——"塔彭丝说，"她是其中一个吗？"

"哦，你知道她，她不是个母亲，她是剧场的服装员。她认出了我，所以她必须走。"她猛地转过身，走向塔彭丝，手捧一杯牛奶，微笑地劝诱道：

"喝下它，"她说，"喝下去吧。"

塔彭丝沉默地坐了片刻，然后她跳将起来，冲向窗户，抓起一把椅子，打碎窗户，探出头，尖叫道：

"救命！救命啊！"

兰卡斯特太太大笑。她把牛奶放在桌上，靠回椅背，放声大笑。

"你真蠢。你以为谁会来？你以为谁能来？他们得把门拆了，把墙打穿，到那时候——你知道，还有其他办法。不需要牛奶。牛奶是个轻松的方法。牛奶、可可甚至茶水。为了小穆迪太太，我把它放在了可可里面——她爱可可。"

"吗啡？你怎么弄到的？"

"哦，那很容易。许多年前跟我一起生活过的一个男人得了癌症，医生让我保管他的药，让我来负责，还有其他药，后来我对医生说我都扔了，但其实我留了下来，其他药和镇痛药，我想有一天它们也许会有用，确实派上了用场，我还有一些，我自己从来不吃这种东西，它们对我没有用。"她把牛奶推向塔彭丝，"喝了吧，这是最简单的方法了。另一种方法——问题在于，我不清楚我把它放在哪里了。"

她从椅子里站起身，开始在房间里来来回回地走。

"我把它放哪儿了？放哪儿了？现在，我老了，什么都不记得了。"

塔彭丝再次大喊道："救命！"但运河岸边仍然空无一人。兰卡斯特太太仍在房间里转悠。

"我想，我想一定是，哦，当然，在我的编织袋里。"

塔彭丝从窗户边转过身，兰卡斯特太太朝她走了过去。

"你可真是个蠢女人，"兰卡斯特太太说，"想选这种方式。"

她猛地伸出左臂，抓住塔彭丝的肩膀。右手从背后伸出来，握着一把刀刃细长的匕首。塔彭丝挣扎着。她心想："我可以轻易地阻止她。容易。她是个老太太。虚弱无力。她不能——"

突然，一阵带着恐惧的寒意袭来，她心想："但我也是个老太太。我没有自己想的那么强壮。我没她有力气。她的双手，她的抓握力，她的手指。我想是因为她疯了，我总听人说，疯了的人很有劲。"

明晃晃的刀片向她逼近。塔彭丝尖叫起来。她听见楼下有喊叫声和拍打声。门上传来的拍打声似乎是有人想破门或破窗而入。"但他们绝对进不来这里，"塔彭丝想，"他们绝对打不开这扇机关重重的门。除非他们知道开关。"

她拼命挣扎。她努力摆脱兰卡斯特太太的掌控。但是后者比她高大，一个高大强壮的女人。她仍面带微笑，但是表情不再和蔼。现在她的脸上是一副志得意满的表情。

"杀手凯特。"塔彭丝说。

"你知道我的绰号？没错，不过我已经升华了。我成了上帝的杀手。是上帝的旨意让我杀了你。所以这件事就合理了。你肯定能明白的，不是吗？你瞧，这就合情合理了。"

此时塔彭丝正被挤在一张大椅子的边上。兰卡斯特太太用一只胳膊把她抵在椅子上，力气越来越大——没办法再后退了。兰卡斯特太太右手里的锋利钢匕首渐渐逼近。

塔彭丝想："我一定不能慌，不能慌——"但随之而来的另一种想法却无法摆脱，"但我能做什么？"挣扎是徒劳的。

然后是恐惧，就像在"煦阳岭"她第一次产生预感时感受的一样。

"那可怜的孩子是你的吗？"

这是第一次警告，但是她误会了，她不知道这是警告。

她注视着越来越近的钢刀，但奇怪的是，让她害怕到瘫痪无力的不是闪闪发光的金属及其威胁性，而是刀面映照出的脸——兰卡斯特太太那微笑而慈祥的脸，幸福满足的微笑，一个执行自己的命令的女人,温和而理智。

"她看上去并没有疯,"塔彭丝想,"这才是可怕的地方——当然,她看着不疯是因为她觉得自己是正常的。她是个极为正常理智的人,她是这么认为的,哦汤米,汤米,这次我真是卷进大麻烦里了。"

眩晕和疲惫淹没了她。她的肌肉放松了,什么地方传来玻璃碎裂的一声巨响,把她震晕了。她眼前一黑,失去了知觉。

## 2

"好了,你醒过来了,把这个喝了,贝雷斯福德太太。"

一只玻璃杯压在她的嘴唇上,她激烈地抗拒着,有毒的牛奶,是曾经说过的跟"毒牛奶"有关的事?她不喝毒牛奶……不,不是牛奶,味道不一样——

她放松了,张开嘴唇喝了一小口——

"白兰地。"塔彭丝品了出来。

"非常正确!再喝点,多喝点——"

塔彭丝又啜饮了几口。她向后靠在靠垫上,环视四周。窗口能看到一张梯子的顶端。窗前的地板上是一堆碎玻璃碴。

"我听见玻璃碎了。"

她推开白兰地杯子,视线从拿着杯子的一只手和一只胳膊转移到一个男人的脸上。

"格列柯。"塔彭丝说。

"你说什么?"

"没什么。"

她看看房间。

"她去哪里了?我是说兰卡斯特太太?"

"她在休息,在隔壁房间。"

"明白了。"但她不确定自己真的明白了。她过一会儿才能清楚点。此刻她脑海中只有一个念头——

"菲利普·斯塔克爵士。"她缓慢而犹疑地说,"是吗?"

"是的,你为什么要说格列柯?"

"受苦。"

"你说什么?"

"那幅画,在托莱多,或者是普拉多,很久之前我就这么想,不,不是很久之前——"她思索着,终于想了起来,"昨晚。聚会,在牧师的住所——"

"你做得很好。"他鼓励道。

不知为什么,坐在这里,在这间地板上满是玻璃碴的屋子里,跟这个面色阴暗、极度痛苦的男人说话,似乎是非常自然的事情。

"我犯了个错,在'煦阳岭'。关于她,我全想错了。那时我很害怕,一波一波的恐惧,但我弄错了,我不是怕她,而是替她害怕,我以为她会发生什么事,我想保护她,救她,我——"她疑惑地看着他,"您明白吗,还是听起来很傻?"

"没人比我更明白了,在这个世界上,没人比我更了解。"

塔彭丝盯着他,皱着眉。

"她,她是谁?我是指兰卡斯特太太,约克太太,这都不是真名,只是取自玫瑰树的名字。她是谁?真正的她?"

菲利普·斯塔克苦涩地说:

"她是谁?真正的她?真正的那个,真实的那个。

"她是谁?眉头上有上帝的印记?

"你读过《培尔·金特》①吗，贝雷斯福德太太？"

他走到窗边，驻足良久，望向窗外，突然，他转过身。

"她是我妻子，上帝保佑。"

"您妻子，但她去世了。教堂里的追思牌——"

"她在国外去世了，那是我散播的故事，我在教堂为她设立了追思牌。人们不会对失去亲人的鳏夫问太多问题的。之后我就不住在这里了。"

"有人说她离开了您。"

"这个故事也是可以接受的。"

"您把她带走，当您发现，有关孩子的事——"

"所以你知道那些小孩的事？"

"她告诉我的，似乎，难以置信。"

"绝大部分时间她都是正常的，没人怀疑。但是警察开始怀疑了，我得有所行动，我得救她，保护她，你明白吗，能理解吗？至少理解一点点吧？"

"是的。"塔彭丝说，"我非常理解。"

"她，曾经那么可爱——"他声音有点发颤，"你看她——在那儿，"他指着墙上的油画，"睡莲，她是个野丫头，一直都是。她母亲是沃伦德家族的最后一员，一个古老的家族，近亲结婚。海伦·沃伦德。她离家出走了，跟一个坏家伙混在一起，一个惯犯。她女儿当了演员，被训练成为一个舞蹈演员，睡莲是她最受欢迎的角色，后来她跟一帮罪犯混在一起，寻找刺激，纯粹是为了寻开心，她总对事情感到失望——

"她嫁给我的时候，已经结束了所有这一切，她想要安定的

---

① 《培尔·金特》(Peer Gynt)：易卜生创作的戏剧作品之一，它通过纨绔子弟培尔·金特放浪、历险、辗转的生命历程，探索了人生是为了什么，人应该怎样生活的重大哲学命题。

生活，安静地生活，家庭生活，生儿育女。我很富有，可以给她所有她想要的东西。但我们没有孩子。我们两个人都很伤心。她开始受到内疚的困扰，也许她的精神一直有点失常，我不知道，又有什么关系呢？她是——"

他绝望地摆摆手。

"我爱她，一直爱她，不管她，她做了什么，我要她安全，平安无事，不要被关起来，终生囚禁，悲伤欲绝。而我们的确保证了她的安全，已经很多年了。"

"我们？"

"内莉，我亲爱的忠诚的内莉·布莱，我可爱的内莉。她很棒，计划并安排了这一切。养老院舒适又安全。没有诱惑，没有孩子，让孩子远离她。这似乎有效，那些养老院都在很远的地方，坎伯兰，威尔士北部，没人会认识她——或者我们是这么想的。这是艾克尔斯先生的建议，他是一个非常精明的律师，他的费用很高，但我很信赖他。"

"勒索？"塔彭丝说。

"我从没这么想过。他是我的一个朋友，一个顾问——"

"是谁在那幅画上画了船——叫'睡莲'的船？"

"是我。这让她很高兴。她记起了自己在舞台上的光彩。这是博斯克温的画作之一。她喜欢他的画。于是，有一天，她用黑色颜料在桥上写了一个名字，一个死去的孩子的名字，所以我画了一只船来遮住它，写了个名字'睡莲'——"

墙上的门被推开了，友善女巫走了进来。

她看看塔彭丝，又看看菲利普·斯塔克。

"没事了？"她平淡地说。

"是的。"塔彭丝说。她发现友善女巫的优点是她不会大惊小怪。

"你丈夫在楼下,在车里等着。我说我会带你下去找他——如果你愿意的话?"

"我觉得可以。"塔彭丝说。

"我猜你会愿意的,"她看看卧室的门,"她,在里面吗?"

"是的。"菲利普·斯塔克说。

佩里太太走进卧室。她又出来了——

"我看见——"她问询地看着他。

"她给了贝雷斯福德太太一杯牛奶,贝雷斯福德太太不喝。"

"于是,我想,她自己喝了?"

他犹豫了一下。

"是的。"

"莫蒂默医生稍后过来。"佩里太太说。

她过去帮塔彭丝站起来,但塔彭丝自己站起来了。

"我没受伤,"她说,"只是被吓到了,现在没事了。"

她站在菲利普·斯塔克对面,两个人似乎都没什么话要说。佩里太太站在门口。

最后,塔彭丝说话了。

"我帮不上什么忙,是吗?"她说。但这算不上是个问题。

"只有一件事,那天在教堂墓地打晕你的人是内莉·布莱。"

塔彭丝点点头。

"我意识到肯定是她。"

"她昏了头。她以为你在追踪她——我们的秘密。她,我为这么多年我施加给她的可怕压力而感到痛苦懊悔。任何女人都不应该被要求承担这么多——"

"我想,她深深爱着你,"塔彭丝说,"我想我们不会再寻找约翰逊太太了,如果这就是你不想让我们做的事情的话。"

"谢谢你,我很感激。"

又是一阵沉默。佩里太太耐心地等着。塔彭丝看了看四周,走到被打破的窗前,看着下面平静的运河。

"我觉得我再也不会见到这座房子了。我要好好看看它,这样就能记住它了。"

"你想记住它?"

"是的,我想。有人跟我说这座房子被用错了地方。现在我明白这句话的意思了。"

他诧异地看着她,但没说话。

"谁让你到这里找我的?"塔彭丝问。

"爱玛·博斯克温。"

"我也是这么想的。"

她和友善女巫一道穿过暗门,走下楼。

为情人建造的房子,爱玛·博斯克温这么跟塔彭丝说过。啊,她就这样离开了它,被一对情人拥有的房子,一个死了,一个忍受痛苦,继续活着——

她走出大门,向等在汽车中的汤米走去。

她跟友善女巫道了别,钻进车里。

"塔彭丝。"汤米说。

"我知道。"塔彭丝说。

"别再这么做了。"汤米说,"再也别这么做了。"

"不会了。"

"你现在是这么说,但你还是会去做的。"

"不,我不会了。我太老了。"

汤米发动汽车,他们开走了。

"可怜的内莉·布莱。"塔彭丝说。

"为什么这么说？"

"这么深爱着菲利普·斯塔克。这么多年为他做任何事，白白浪费了自己的忠诚。"

"胡说！"汤米说，"我想她每一分钟都乐在其中。有些女人就是这样的。"

"无情的坏蛋。"塔彭丝说。

"你想去哪儿？马克巴桑的兰姆及弗拉格旅馆？"

"不，"塔彭丝说，"我想回家。家，托马斯。待在家里。"

"阿门。"贝雷斯福德先生说，"如果艾伯特用一只烤焦的鸡迎接我们，我就杀了他！"

*By the Pricking of My Thumbs*
Copyright © 1968 Agatha Christie Limited. All rights reserved.
Letter for Chinese Reader, New Star Edition by Mathew Prichard © 2013 Mathew Prichard.
Translation © 2023 arranged by New Star Press, Agatha Christie Limited. All rights reserved.
www.agathachristie.com
AGATHA CHRISTIE, TOMMY & TUPPENCE, *Agatha Christie*® and the AC Monogram Logo are registered trade marks of Agatha Christie Limited in the UK and elsewhere. All rights reserved.
Published by agreement with ACL.
Simplified Chinese edition copyright: 2023 New Star Press Co., Ltd.

### 图书在版编目（CIP）数据

煦阳岭的疑云 /（英）阿加莎·克里斯蒂著；党敏博译. —— 北京：新星出版社，2023.6
（阿加莎·克里斯蒂侦探小说全集：精装典藏版）
ISBN 978-7-5133-4914-7

Ⅰ.①煦… Ⅱ.①阿… ②党… Ⅲ.①侦探小说 – 英国 – 现代 Ⅳ.① I561.45

中国国家版本馆 CIP 数据核字 (2023) 第 054506 号

午夜文库
m
谢刚 主持